JN246293

あなたとわたしのドキュメンタリー

死ぬな、終わらせるな、死ぬな

成宮アイコ

まえがき

わたしの活動をいろいろな場所で取り上げていただくと、かならず賛否両論がある。

それでもわたしはやっぱり、知ってほしいと思っている。

生きているかわからない時期があったわたしにとって、今こうして活動をしている人生はいろいろな出会いのバトンで生き延びた余生のようなもの。

だから、まな板の上にのりたい。必要がなくなったら忘れられてもいいから。

そうしなきゃお話が始まらないのだ。


この本には、社会不安障害・適応障害のわたしが生きてきたこれまでのことをまとめた。

昔は家族のことや、不登校のことや、これまでの格好悪い部分を他人に話すつもりはまるでなかった。できれば隠しておきたいと思っていた。

だって、本屋さんで自己啓発本をいくら読んでも何ひとつ自分とリンクするところがないのだ。そんな自分のことを話してもしようがない、そう思っていた。

一人っ子のせいか、暴力や罵倒にまみれた家庭環境で育ったせいか、ずいぶん大人になるまで、まともに人と関わる機会がなかったし、今のように人と（多少スムーズではないにしても）会話ができるようになったり、一緒にごはんが食べられるようになったり、口を開けて笑うことができるようになったことは、ほんとうに奇跡だと思う。笑ってしまうけれど、嘘のような奇跡だと思っている。だけど、この奇跡は現実だから、わたしがたくさんの出会いでもらったこの〝バトン〟は絶対にまわさなくてはいけないのだ。かつてのわたしと同じだった誰かや、あの頃のわたし自身に。

だから、できれば隠しておきたかった人生を書き残しておこうと思っている。普段、詩の朗読でライブ活動をしているのだが、「言葉〝で〟抗うのではなくて、言葉〝に〟抗う感じだよね」と友人に言われたことがある。あとで詳しく書くが、わたしの人生は言葉への愛憎劇だ。言葉なんて大嫌いだから、お願いだから言葉で救ってくれよ。いつまでもそう願っている。

Photo: Naoki Tajima

あなたとわたしのドキュメンタリー　＊もくじ

表紙イラスト：Tokin
表紙デザイン・写真：Seikichi Tachikawa

Photo: Seikichi Tachikawa

わたしのドキュメンタリー

「あいつの声、ぶりっこだよね」そう言われている声が聞こえてから、人と話せなくなった。

わたしの声は、人よりも少し高い。そしていわゆる、アニメのような声だ。学校に行くまで、それには気づかなかった。しかし小学校の中学年ころになると、女子の悪口は「ぶりっこかどうか」が大きな基準になる。一人っ子だったせいか、極度の人見知りであまり人と話すことができず、活発なほうではなかった。さらに、家庭内では祖父から言葉と暴力のＤＶがあり「お前は家族の最下位なんだから」と言われ続けて育ったため、自己肯定感は薄っぺらにすり減ってしまっていた。そもそも「最下位」だと認識していたため、いざ学校でみんな同じ「小学生」という扱いになってしまうと、自分がどう振る舞えばいいのかわからなかったのだ。対等ってなに？　と、自分と人との距離感がわからず、立ち止まってしまったのだ。

そこに降りかかった「あいつの声、ぶりっこだよね」という言葉。自己肯定感はさらにすり減ってしまい、学校で声を出すことがだんだん苦痛になってしまった。これは不登校あるあるだと思うのだが、人としばらく会話をしていないと、自分の声がどのくらいの音量を出せるのかわからなくなる。声量の想像ができなくなるのだ。そのせいで、声をかけられたときに、「はい!!!!」と自分でもびっくりするような大きな声になってしまったり、逆に「今度は大きな声を出しすぎない」と意識をしすぎて相手には届かない声量になって声がかすれてしまい、結果、無視をしてしまったようにとられたりするのだ。

見えないストレスは、チック症として目に見える形になって現れた。瞬きがとまらなくなったり、唇を噛み続けたり、息をするタイミングをはかったり、意味のないくせがローテーションに訪れては消え、治ったと思うとまた次の症状が生まれた。そうなるとますます人前に出づらくなる。デパートのトイレで母親に「クセを治す病院はないの?」と尋ねたことを覚えている。

何をしてもいつも、まわりのみんなと同じになれない。自分のまわりにはいつも膜のようなものがあって、同じ地面に立っていないような気がした。

どうにもうまくいかない。その気持ちは、さらに精神面に現れてきた。醜形恐怖が消えなくなり、休み時間にトイレの前の鏡から動けなくなってしまったことがある。もともと「声がぶりっこ」で気持ちが悪いのだから、外見でさらにマイナスをかせいでしまってはいけない。前髪が1ミリでもずれてはいけない。これ以上誰かを不愉快にさせてはいけない。そんな気持ちでずっと鏡を見つめていた。よし、と決心をしてトイレから出ても、廊下を走る男子とすれちがった風で髪が乱れる（ような気がする）と、さっき鏡で確認をした自分ではなくなってしまった！　どんな見た目になってしまったのだろう！　と、こわくてトイレに逃げ戻った。結局、授業のチャイムが鳴っても、その場から動けずにいた。授業の後、心配して探しに来た先生に怒られた。毎日は単調で終わりのない地獄だった。

高校生になり、今度は教室のイスに座っていることができなくなってしまった。醜形恐怖からはじまった劣等感はますます絶好調で、家の中はあいかわらず嵐が吹き荒れたままだった。父親はわたしからフェードアウトをして、気付いたら家に帰ってこなくなった。男性なんてみんないなくなればいいと思っていた。

症状が悪化したのは、『ちびまる子ちゃん』だ。血を見ることもあった家庭で育ったわたしにとって『ちびまる子ちゃん』は、『ドラえもん』と同じようにSFの世界だった。ほのぼのとした毎日や、食卓を囲む一家団欒は魔法のようで、見ていると異世界に現実逃避ができた。

しかし、あるときに知ってしまった。『ちびまる子ちゃん』は自伝的エッセイマンガだったのだ。「SFじゃない?! 実際の家族のはなし?!」もしかして、大半の家庭は、あんな風に穏やかな毎日を過ごしているのだろうか。水族館や遊園地で売っている体に悪そうな油の味がするポテトは憧れで、100円と少しで買えるそれは、幸せな家族の象徴のようで、わたしには手に入らないものだった。でもそれは、夢物語ではなくてちゃんと存在しているのだ。その事実に気づいたときに、今まで当たり前だと思っていた自分自身の生きづらさに気づいてしまった。

ああ、わたし、毎日も、生きていることも全部、苦しかった。

そうして、例えば息を飲むとき、例えば呼吸をするとき、自分がたてる少しの音や動きが世界中の誰よりも大げさに映っているのでは、という恐怖に襲われるようになった。まず、人とご飯を食べることが苦痛になった。わたしの咀嚼音がまわりの全員に聞こえているような気がした。そしてだんだん息が吸えなくなった。わたしが呼吸をするときだけ、みんなより大きく肩が動いているような気がする。後ろの席に誰かが座っていることが恐怖でたまらなくなった。いつも自分だけみんなと同じになれない気がする。小学校ではじめて対等に扱われて、「最下位」じゃない自分の位置にとどまって、みんなと同じように振る舞えなかった気持ちが蘇った。

友人同士でトイレに一緒に行く廊下、昨日見たドラマの話、休日の家族の様子、寝る前に聴いた音楽、みんなは話題がつきないようだった。けれどわたしには、人に話せるようなたわいもない日常なんて何もなかった。家の中も、学校の中も地獄のようだった。唯一、わたしを守ってくれた母親だけが、わたしが生きている意味だった。そして高校でもまた、あの言葉を聞いた。「あの子の声、キモいよね」

学校にいると、みぞおちに穴が空きそうな痛みが続き、何度も早退をして病院に通った。どんな胃薬をもらっても、病院を変えても、強い痛み止めをもらっても治らない、原因はいつもわからないまま。呼吸をするときの音や、自分の動作を見られることへの恐怖もますます大きくなり、朝から放課後まで一日ちゃんと学校にいられる日はだんだん少なくなった。平日の昼間、病院の待合室はおじいちゃんとおばあちゃんで溢れていて、穏やかだった。そこにいる間は少しだけほっとしたが、時計を見て、「今はまだ2時間目、数学の時間だな」なんて思うと、わたしの時間だけが止まっていて、同じ年齢のみんなから置き去りにされているような気持ちがした。

学生時代、学校は世界のすべてだ。取り残され続けて、未来のことはなにも見えなかった。自分の将来の夢なんて考えもしなかった。待合室の壁に掛けてある時計を何度もチェックしては、休み時間のときだけはわたしも気を緩めても許されるような気がしていた。

「精神科へ行ってみますか？」担当の医者は言った。身体的な病気ではないことは薄々自分でも気づいていたけれど、ただでさえ取り残されてみんなと同じになれない自分がこれ以上遅れをとるわけにはいかない、と焦った。そして、生きづらさにこれ以上気づいてしまうことがこわかった。もらった紹介状は誰にも見せず、こっそり捨てた。

念のため胃カメラの検査をすることになった。安定剤の注射をうち、胃カメラを飲む、苦しくて涙が出る。処置室で寝かされていたわたしは、自分の制服を見ながら、この制服がかわいいから高校に入ることが楽しみだったんだよなということを思い出して、また泣いた。だんだん人生が走馬灯のようにぐるぐるとめぐっていく。小学校の悪口、祖父との喧嘩でガラスを殴り壊した父親、そのときに飛んだ血がわたしの服についた赤い水玉、学校での居場所のなさ、あいつの声宇宙人みたいじゃね？　という陰口、わたしを守ろうとして代わりに殴られた母親、母方の祖母・祖父は無条件にわたしを愛してくれて、男性なんてみんな死ねと思っていた中で唯一大好きな異性だなと思ったこと、同世代が集まった場所でわたしが喋りだすとしらける空気、『ちびまる子ちゃん』がＳＦマンガではなかったこと。

頭が突然パニックを起こして、ベッドから飛び起きた。

「帰ります！　もう大丈夫です！　家に帰ります！」看護婦さんはまだ薬が効いているのに処置室から勝手に出ようとするわたしの手をとって、その手がリスカ跡でぼろぼろだったことに気づいて、わかりやすく呆れた顔をした。悲しかった。安定剤の注射が効いたまま頭はパニック状態、看護婦さんともめながら、ふらふらと何度も壁にぶつかって廊下に出ると、小さな子供がわたしを不思議そうに見ていた。処置室の隣は小児科の待合室。その子のお母さんがあわてて子供の顔に手をそえて「見ちゃいけないよ」とでもいうように違う方向を向かせた。その方向にはテレビがあって、教育テレビで子どもたちが踊っていた。学校に行かなかった日、家でこの番組を見ていたよな、と思ったら涙がこぼれた。わたしは看護婦さんになだめられて、ベッドに戻った。「もう少し寝ていたほうがいいんじゃないですか」

処置室のベッドは薄い黄色のカーテンで仕切られていた。カーテンの上はメッシュ状になっている。薄い一枚のカーテン、たった一枚のカーテンで仕切られた外側と内側。わたしの人生はたぶんもうだめだと思っていた。

このころ、会話をする人がいなかったわたしは、その分のありあまる感情を、何種類にも分けた日記として書き続けていた。偽名のブログ、本当にあったできごとを書く日記、思い浮かんだ単語や感情をメモする単語帳、詩のように書いてもいい手帳……それらを毎日、同時に書き続けていた。自分の中にたまっていく感情や話したい欲求を外に出す手段は、他になにもなかった。

専門学生になったわたしは「アイコ」という名前で詩を書いたフリーペーパーを作るようになった。カタカナ名義にしたのは匿名さが増すような気がしたからだ。そのころ、新潟には「P.PROJECT」というミニシアターがあり、誰もが無料で使える展示スペースを有していた。そこに今まで書いてきた詩の展示をすることにした。気持ち的には復讐と欲求だ。復讐というのは血縁への想い、欲求というのはとにかく誰かと話がしたい、人間関係を築きたいという切羽詰まった気持ちだった。

展示をするようになったころ、新潟のお笑い集団NAMARAの代表・江口歩さんから「詩を書いているなら朗読イベントがあるから来てみなよ」と1枚のチラシをもらった。中学生のころに新潟のお笑い芸人ライブによく行っていたわたしは、江口さんとは顔見知りだった。江口さんは「真面目なテーマや触れにくいテーマも一緒に笑うことで共感が生まれ、理解につながる」というスローガンをかかげ、様々な場所で司会や運営をしているので、対人恐怖が強く、人の目が見られず声も小さく挙動不審なわたしにも、なにも気にせず普通に対応をしてくれる人だった。

そのチラシは「金曜朗読ショー」というちょっとふざけた名前のイベント告知だった。出演者にはアナウンサーやラジオパーソナリティー、そして、精神科病院に入院経験のあるアルコール依存症朗読家の名前が載っていた。
精神病院……。医者に精神科を勧められたばかりのわたしにはタイムリーな言葉だった。人が大勢集まる場所はこわかったのだが、吸い寄せられるようにイベント会場に向かった。例の精神科病院に入院していたという男性は、入院当時に着ていたという赤いチェックのパジャマを衣装にして、「アルコール依存症になって良かった！　酒税をたくさん払って社会に貢献できた！　何が何でも自己肯定だ！」と無茶苦茶なことを全力で叫んでいた。パジャマ姿で、だ。わたしはその時に、初めて本気の大人を見たような気がした。それまで大人はいつもスマートで正しい近道だけを指導する人に思えていた。だが、この人は違う。今ここでこの人に話をしなければ、いつまでもわたしはこのままで、一人ぼっちで死んでしまうかもしれないと思った。

緊張で震える手で書いた文字はまるでミミズで、対人恐怖で手のひらが汗まみれだったため紙は波打ってしまった。しかし、自分のサイトのＵＲＬと展示日程をなんとか書き、その人に渡した。パジャマの男性は、心身障害パフォーマンス集団「こわれ者の祭典」の代表・月乃光司という人だった。

翌日、わたしは自分の展示会場の上下左右、視界すべてを埋め尽くすように、これまでに書いてきた言葉を貼って貼って貼りまくった。誰かと話がしたい、誰かと関わりたい、話がしたい！　会場はどう見てもまともではない有様になった。紙と言葉で埋め尽くされた会場で座っていたわたしの目の前に、昨日見たパジャマの男性が現れ、こう話しかけてきた。「こわれ者の祭典に入りませんか？」

これまでのわたしだったら、きっと断っていたと思うが、自分の恥ずかしい過去を汗をかき、あれほどむき出しで叫ぶ姿にわたしは「自分はこんなにだめだったけど生きているから、あなたも死ぬな」と言われている気持ちになっていた。あれほど、早く人生が終われと願ってきたのに、死なないで生きて行く方法を探そうとしている自分に気づいた。「入ります。書いてきた言葉を読みます」と即答していた。

加入からの数年は、人前に出ることができず、ライブステージの上にぬいぐるみを置き、舞台の袖で自分の書いた文章を朗読していた。定時制高校の講演は会場が普通の教室だったため、舞台袖という逃げ場がなく「わたしを見ないで、机にふせてもらえませんか」というお願いをした。生徒はもちろん校長先生まで机にふせてもらい、言葉を読んだ。その様子が地元の夕方ニュースに取り上げられ、「その気持ちわかります！」「わたしも同じ症状です」などメールが届くようになった。よく全員が顔を伏せているシーンを放送したな、と思うが、そのおかげで、この恥ずかしい症状はわたしだけではないのだ、と気づいた。こわれ者のメンバーは帰り道の車で、「俺は慶應病院に○年入院していたから慶應ボーイだぜ」だとか、くだらない話で盛り上がっていて、わたしは人前で笑うことができるようになっていた。

救われたのは結局、あれほど探してきた「こうしたら成功する」「こうすればうまく生きられる」という方法ではなく、「その気持ちわかるわ」と笑われたとき、「自分はこんな風にだめだったから、あなたのだめもそれでかまわない」という何も解決しない方法だった。わたしが受け取ったバトンは進む方向を示してくれたのではなく、「そのままでも、まぁいいんじゃない？」という肯定にすらならないような許容だった。

世界はちゃんと地続きだった。わたしはあの日パジャマの男性が汗をかきながら投げまくっていたバトンを受け取ってしまった。次は同じようにわたしがバトンをまわしていけたらいいと思っている。

Photo: Daigo Hosomi

朗読詩

最後の光

いつも遠く離れた場所に見える、すごくまぶしい光
あれはなんだろう
でもいつも見えるんだよ
まっすぐなライトみたいに一本の強烈な光が

物心ついたときには家の中に当たり前のようにあった暴力
祖父からテレビのリモコンで頭をなぐられ階段から突き落とされた
「お前は家族の最下位なんだ」

口の中に広がる鉄の味
母親は、悔し泣きをするわたしの肩を抱き言いました
「あなたの人生を無駄にしちゃだめだからね」

悲しいことに、わたしが母親から一番はじめに教わったことは
ありがとうを言おうねとか、いただきますはちゃんと言おうねとかじゃなくて
きっと、祖父を殺すな、ということでした

そんな祖父から逃げるようにして父親は家族を捨てました
取り残されたわたしは憎しみの気持ちを抑えきれずに左腕を切り刻みました
カッターの刃がゴリッと骨をなぞったときに、
そこから憎しみと愛情がふきだしていくようでした

水族館や遊園地で売っている体に悪そうな油の味がするポテトは憧れでした
１００円と少しで買えるそれは、幸せな家族の象徴のようで
わたしには手に入らないものでした

ある日、病院でパニック発作を起こしたわたしはぼろぼろと涙を流して
処置室につれていこうとする看護師さんともめていました

「家に帰る、大丈夫です、家に帰ります、大丈夫です！　わたしは大丈夫です！」

処置室のとなりは小児科の待合室
泣き続けるわたしを子供が不思議そうに眺めていました

そしてその子のお母さんが「見ちゃいけないよ」という風にその子の顔を手で覆いました
わたしは自分がなんて醜いのだろうと思いました

寝かされた処置室のベッドは
薄い黄色のカーテンで仕切られていました
たった一枚のカーテンで仕切られた内側と外側は
とても、とても遠く感じられました

わたしの人生はもうだめだなと思ったときに、見たんだ
あたまの奥に一本の光があることに
気づけば自分の後ろには長い道があることに
そこには、わたしの足跡がちゃんと残っていました

そういえば、わたしを残して消えた父親自身も、
わたしと同じように家族を味わえなかった子どもでした

ねえお父さん
どこでどんな場所で暮らしているんですか
わたしはね、まだ時々思うよ
自分が子どものつもりになってしまうんです
夜遅い帰り道は迎えに来てくれるんじゃないかって
休みの日には家族そろってデパートへ連れていってくれるんじゃないかって
ねえ、お父さん
あなたも人間だったんですね

祖父やあなたはわたしにとってただ憎しみの対象でした
でも、ねえ、お父さん
あなたも人間だったなんて
あなたもわたしと同じように傷つく人間だったなんて
わたしと同じように家族の言葉に傷つき
わたしと同じように家族の在り方について悩み
わたしと同じように憎しみと愛情のはざまで苦しみ
わたしと同じようにただ幸せになりたいと願う
あなたは
人間だったんですね

本当は気づいていた

わたしの心にある「死にたい」と「殺したい」は
お父さん、あなたに「愛してほしい」と同じだけの重みがしてたんだ

だから今やめてどうするの
生き抜いてきた今をどうするの
どうにか守ってきた自分をどうするの
わたしの足跡がついた道をどうするの
耐え抜いてきた強さをどうするの
生き抜いてきた今を
わたしと同じようにあなたが守って来たあなたのことを
どうするの

教室のイスでじっとこらえた時間もあなたは生きてた
あの処置室で点滴が落ちるのを見ながらわたしは生きてた
あなたは生きてた
わたしは生きてた
わたしは今、あなたは今
生きてる

いつも遠く離れた場所に見えるすごく眩しい光
強烈な一本の光
わたしはそれを人の想いだと思うことにしました

何度も何度も繰り返し、めぐってきた命のバトンだと思うことにしました

とても憎い家族が残してくれたのは 暴力の記憶ともうひとつ
10のうちの1にも満たないかもしれない
でもきっとあっただろうもの
それがわたしの名前
そしてあなたの中にも必ずあるもの

それを、こう呼ぶんだ
愛と

葛藤のはざまに隠れているのは愛で　だからときどき立ち止まるんだ
暗闇に慣れたその目でこれからも あなたはきっと生きていけるよ

Photo: Yu Kimishima

イトーヨーカドーのベンチ

出身地の新潟へ帰省すると、必ず行く場所。それはスーパー「イトーヨーカドー」の中にある。

高校時代、世間は女子高生ブーム。街にも雑誌の表紙にも、ガン黒コギャルが溢れていた。わたしは、どうにか馴染もうと日焼けサロンに通ったり、斜め前髪にプラダのリュックを背負って、何の興味もないディズニーのでかいぬいぐるみのストラップを携帯につけたりもした。何でもいいからみんなと同じになりたかった。結局、ディズニーのキャラの名前もわからないようなわたしが今時の女子高生のふりをしてもうまくいくわけがなく、学校の友人と距離ができはじめた。通学が苦痛になってきたころ、同世代の女子高生たちがこわく感じるようになった。寝る前に南条あやの『卒業式まで死にません』を読んでほっとする気持ちを「違う！」とごまかし続ける。どうにもならない苦しさも、たわいもない日常の会話ができない理由も、目にみえないからやり場がなかった。頭を机にぶつけ、長袖の制服で隠せる部分を切った。痛い理由をむりやりにでも作り出す毎日。感情や生きづらさが目に見えるものだったら、そんなことはしなかったと思う。

とにかく、今思えばわかりやすい生きづらさの真っ最中、劣等感を全身に抱えてどうにか同世代に見つからないようにと見つけた場所が、イトーヨーカドーだった。さらに、紳士服売り場の階、トイレの前には肌着売り場、その脇には自動販売機と白いプラスチックのベンチがあった。ももひきやランニングシャツにかこまれて、おじいちゃんとおばあちゃんと一緒にそのイスに座っていると、誰も自分を気に留めたりしないし、ましてや悪口を言う人もいないので、すごくほっとした。

自分の部屋の壁には、卒業式までの日数と、卒業するために必要な出席日数を貼って、高校の3年目を過ごした。卒業式、一緒に卒業祝いをする友人がいなかったわたしは卒業証書を抱えて、一人でベンチに座った。ここは、わたしの青春だ。

今でも確かめに行く「イトーヨーカドーの紳士服売り場の階のトイレの前の白いベン

チ」。ここにはずっとあの時の自分の寂しさが残っているような気がする。

わたしは、自分の人生を忘れないでいたいと思う。何年たっても変わらないイトーヨーカドーの景色を見ながら、ベンチに座る。わたしは何度でも帰ってくるし、何回でも迎えに来るからな、と思った。

あの時の死にそうだった自分を、いなかったことにしないでいるよ。

命の重み

夏祭り、お祭りの屋台が立ち並ぶ神社。すれ違ったおじいさんがにこにこしながらカルメ焼きの屋台を見て「懐かしいな」と呟いた。懐かしいということは過ぎてしまったたくさんの思い出があるから。生きてきた重みだ。ちょうどすれ違っただけの、ほんの一瞬のできごと。命の重みがずしっときた。

一時期、ウツ病の祖母が閉鎖病棟に緊急入院をしていたことがある。母親と一緒にほぼ毎日面会に行った。日々通っていると、同じ病棟の患者さんたちが顔を覚えてくれ、一言二言の会話をするようになった。あるおばあちゃんがわたしのカバンについていた星の王子様のキーホルダーを見ながら話しかけてきた。いつも穏やかで、達観しているような表情をしている方だった。

「そう、まだ20代なの。いいわねえ、毎日楽しいでしょう」

そのキーホルダーは「ウワバミとゾウ」というキャラクターで、ボア科のウワバミというヘビがゾウを飲み込んでしまったところを模しているものだった。だから、本当はゾウなのだが、一見すると茶色くて形のおかしな帽子型のヘビに見えるというものだった。人の心と同じ、目には見えないものがある。

「ううん、全然ですよ。毎日さみしいですもん」

そう笑ったわたしの目をしっかりと見て、おばあちゃんは言った。

「わたしもね、もう80歳だけどね、今でもずっとさみしいのよ」

その頃、毎日書いていた日記サイトに書き綴っていたのは、「さみしい」という言葉。今よりも匿名性が高かったインターネットの世界。「切ない」「つらくてうける、病むー」「死にたい」「さみしくて無理」名前も年齢も性別もわからないハンドルネームの人が毎日さみしさを発し続けていた。

その世代、その時代、その瞬間、それぞれの人が使っている言葉でさみしさは綴られている。わたしは、それぞれが使う日常の言葉に一番胸を揺さぶられる。来年には忘れてしまう流行語や、すぐに古くなるネットスラングで綴られる本音が愛おしくてたまらないのだ。

そして思った。あのおじいさんの生きて来た重み、このおばあちゃんが生きてきた重み、わたしの年齢の分だけの生きてきた重みが確かにあるのだと。


当時、まだ新潟に住んでいたわたしは、ライブのたびに上京していた。高速バスに揺られて外を見る。この窓から見える全部の家、全部の窓に、生きてきた年齢のぶんだけの命の重みがあるのだ。その日のライブにはずいぶん長く知っている女の子が来ていた。ライブの前日「休学していた大学にまた通うことにした」とメールをくれていた。わたしは急に、すれ違ったおじいさん、病院で話したおばあちゃんのことを思い出し、予定していなかった言葉がどんどん口から出た。

「あなたにはあなたの命の重みがちゃんとあるんだ、わたしにも生きてきた27年間の重みがあるんだ」

客席の女の子と目が合う。

「21歳の女の子には21年間の重みがあるんだ」

新潟からかけつけてくれた知り合いと目が合う。

「45歳の男性には45年間の命の重みがあるんだ」

あのおじいさんとおばあちゃんを思い出す。

「75歳のおじいちゃんには75年間の、80歳のおばあちゃんには80年間の生きてきた重みがあるんだよ。ちゃんと重みがあるんだよ。あなたもあなたの年齢分の生きていた道と、命の重みがちゃんとあること、そしてそれがこれからも積み重なっていくことを忘れないでいてね。それはあなたがちゃんと持っている確かな重みだよ。忘れないでいてね、どうか忘れないでいてね」


まだ対人恐怖が強かったので、用意してきた言葉以外のことを話すのは難しかったのだが、この日は不思議とどんどん言葉があふれた。

誰かが生きてきた命の重みと同じように、わたし自身にも命の重みがあるのか。そんな簡単なことに気付いて脱力した。他人ばかり優れていてすごいと思ってきたけれど、わたしもちゃんと生きてきたんだな。

このアドリブは、「命の重み」という朗読詩として書き直して、ライブの定番となった。来てくれた方に合わせて、年齢部分を入れかえる。あなたに話しかけているんだよ、と伝えたかった。

ただ、残念ながら言葉など意味がない！　とやけになった時に消してしまい、それ以降読むことはなくなってしまったが、ライブ中のMCでは今でもときどき話している。人生はそう順調にはいかないので仕方がない。向かい風はやまないのだ。でも、あなたの命の炎が向かい風に消されそうになったらわたしがチャッカマンを持っていって点火するから、あなたもあなたの本気を大切にしていてほしい。……なぜチャッカマンかというと、マッチはこわくてつけられないからだよ！

朗読詩

再会の歌

「わたしたちは絶対やめないでいるから
あなたのことを教えてほしい」

いま あなたが座っている
それぞれのイスから
同じ世界はきっと違って見えている
そこを立ち上がり　違うイスに座れば

また別の世界がはじまるように

わたしたちはいつも本当を見るつもりだった
あなたの気持ちを正確にすくいとるつもりだった
指のすきまができないようにと
力をこめた手をならべて
なにもこぼれ落とさないように
あなたの本音はすべて美しいと言えるように
言われても恥ずかしくないように
慎重に目の前を見つめていた

やがて

こうして向き合うわたしたちが
手をつなぐために開いた指のすきまから
こぼれおちてしまう前に声をかけよう

あなたの真意を
いつかわたしが読み取れなくなっても
世界のことをあきらめないでいてほしい
この世界で生きることを
あなたにはあきらめないでいてほしい

そして今だと思ったら
そのイスを捨ててくれ

わたしたちはここから立ち上がり
走り出すあなたの伴走をしよう
あなたがあなたでいる限り
どこまでも伴走をしよう

あなたがあなたをやめないでいる限り
終わらせずに待っているから
わたしたちは出会おう

あなたがあなたをやめないでいる限り
やめないで待っているから
わたしたちは出会おう

このおはなしは終わらせないでいるから
絶対にやめないでいるから
わたしたちは出会おう

Photo: Ken

簡単な約束をしよう

たびたび「病院に行ってないけどイベントに行ってもいいですか？」「病名がないのですが参加資格はありますか？」と聞かれることがある。そのたびに、生きづらさは通院・服薬の有無じゃなく、入院したかどうかじゃなく、今苦しい、もしくは過去苦しかったという気持ちは確実にあなたの生きづらさだから堂々とつらいよ〜！って言っていいんだよ！と直接言いにいきたいような気持ちになる。見た目がイマドキで、結婚をしていたり、出世をしていたり、いわゆるリア充と呼ばれる方だって、エリートだって、学校の先生だって、親だって同じく人間なのだ。誰だってその人なりの生きづらさがある。それは他人が否定できないし、大きさなんて比べられない。自分自身がそう感じたら、それはまぎれもない感情なのだ。

たとえ居場所をいくら増やしても、そこに入れない方はこちらのグループ入ってくださいね、と言われても、どこにも入れない人は必ずいる。わたしなんかまさにそのタイプなので、体育の授業で「二人組を自由に作ってください」なんてときはだいたい余ってしまって、先生と組むという苦い思い出がたくさんある。

不安な社会保障、未来の安心、明日のごはん、人間関係、不安なことだらけだ。でもわたしにはそれを解決する力はない。だから、せめてあなたのことを肯定し続けたい。生きづらさに名前があっても名前がなくても、グレーゾーンでも、わかりにくくても、隠していても、あなたの感情は間違いなくあなたのものだ。存在している。これはたぶん、絶対だよ。

大きな目標を持つと、足がすくんで最初の一歩目も踏み出せないわたしは、小さな約束・小さな目標を作ることにしている。たとえば、「寝る時に携帯の充電をし忘れない」だとか、寝ていてもできるような簡単であればあるほどいい。笑ってしまうような目標をたてて、簡単に達成しよう。ときどき1ミリくらい目標をアップできたら「超すごい」って言いあおうよ。

ハードルは低く

わたしの中にある前向きさは、頑張れということじゃないし、励ましを振りまくことでもない。「高いハードルにつまずく可能性があってもチャレンジする勇気」なんかもってないから、どんな小さな一歩でも飛び越えられるくらい、ハードルを低くしまくることをしたい。生きることへのハードルをたくさん下げたい。

人間の人生はほんとうに美しいと思うことがある。わたしの趣味のひとつに、仲良くなった人はもちろん、全く知らない誰かのブログをさかのぼりながら読むということがあるのだけど、人が生きてきた記録はほんとうに美しいのだ。ろくでもないことがあればあるほどいい。それでも今を生きて毎日を綴っていると思うと、愛おしくてつい笑ってしまう。

自分自身がどれだけ頑張れたとしても、どんなに生き急ぎ続けても、どこにもまったく辿りつかないし、同世代に追いつけないし、指先も触れないくらい自分だけ届かない気持ちでときどきいじけてしまう。だからいつも優しい言葉をかけてほしくて、つい優しい言葉を並べてしまう。これは、あなたに話しかけるふりをして、ほんとうはわたし自身が言われたいだけだよ。

だから、

「ぜんぜん大丈夫」

「なんでもない」

「いつも通り元気だよ」

あなたがいままで苦し紛れについたすべての嘘よ、現実になれ。

朗読詩

あなたのハードルを全力でぶっ倒したい

悲しいニュースを見て憎むべき犯罪者の人生歴を知って
近所の人の無関心を装ったストーカーみたいな監視を聞いて
「ああ、あの人は挨拶もろくにしないし友達もいなさそうだし
いつも一人でマンガを買って帰ってきていますね」
なんていうインタビューを聞きながら
気持ちが悪くなる
なんだその詳しさ、そして思うんだ

ああ、わたしもこんな風にさみしかった、って
嫌われているという前提でしか会話ができない
会話できない、話しかけるのがつらい
会話できない、話しかけられるのこわい
会話できない

でも
これってギリギリセーフなの？
この現実は全部セーフなの？
お茶碗に山盛りにして飲み込んだ処方薬の数も

人と会って一人になってから
まじで自分クソだと思いながら切り刻んだリストカットの数も
いくら乗り越えてもまだ続いていく毎日のことも
逃げてもいいいって言われてもレールからはずれた時の生き方がわからないことも
「止まない雨はないよ」とか気候に例えられて余計にむかつくことも
許せない犯罪者が事件前に書き溜めていた言葉に共感する人の多さも
それを見て「これは自分だ……」と泣いてしまったことも
気持ち悪いからって机がくっつかないように数センチだけ離されることも
いじめも　通り魔も　怨恨も　家族内暴力もＬＩＮＥの悪口も
これってギリギリセーフなの?
この現実は安心して生きる安全なものなの?
ほんとうにセーフなの?

でも
どうやって憎めばいい　どうやって許せばいい
あなたかもしれないわたしに　わたしかもしれないあなたに

もういい年のくせに、同世代の子達と会わなくてすむように
クラスの子が絶対にこないイトーヨーカドーの
紳士服売り場のトイレの前のベンチですごした一人ぼっちの放課後が
今でもわたしの思い出す青春で
何歳になってもあのころの自分がわたしの中にいて
こうして引きずったまま女々しく垂れ流しているだけです
どのくらい時間がたっても消えないあのときのわたしのままです

じゃあどうすればいいの？
からっぽなものは何で埋めてるの？
どうやって生きてるの？　どんな風に生きてるの？　みんなどうしてるの？

やってらんないから笑うしかないだけなんです
真剣に考えて、考えて、自分をどうにか生き延びて
どうすれば会話が続くんだろうとか
どうすれば友達ができるんだろうとか
ちゃんとしないと周りがかわいそうでしょうなんていう言葉とか
挨拶の言葉もわかるけど、人間の性の仕組みだって、ご飯の炊き方だってわかるけど
会話がうまくできない人の生き方は道徳の教科書に書いてなかった

それでも真剣に考えて考えて、考えて、もう笑うしかなかったことに
真剣に考えてないって言わないでほしい
真剣に考えて生き延びてきた自分が今ここにいるに決まってるだろ
死にたいって簡単に言うなっていう言葉こそ簡単に言うなよ
大丈夫じゃないから苦しいんだよ、がんばれないからこうして生きてるんだよ

生まれてきたことや、生きていることに
「恵まれているんだよ」なんて言われても、ありがとうが言えない
歩いても歩いてもまた立ち止まる、人生はスゴロクのようです
そしてわたしのサイコロは「1」を出してばかりです
ただひとつ、サイコロの目にゼロがなくて救われる毎日です

わたしは勇気なんか持ってないぞ
励ましなんかふりまかないぞ
前向きな生き方なんてできるならしていたし
それができないから、小さな失敗を100倍にして引きずりながら生きている

前なんて向かない、前なんて向かないぞ
雨なんていくらでも降ればいい 心を爆発させて生きてやる
明日が素晴らしいだなんて思わなかった
人生が素晴らしいだなんて思わなかった
だけどそれでも、
「あー、それわかるわ」って言われたとき
なんて人生は素晴らしいんだろう

その体で生きていくんだからな
その心で生きていくんだからな
手首がぼろぼろでも、愛憎にまみれていても
その体と心で自分を守っていくんだ

お茶碗に山盛りにして飲み込んだ処方薬の数も
人と会って一人になってから
まじで自分クソだと思いながら切り刻んだリストカットの数も
いくら乗り越えてもまだ続いていく毎日のことも
逃げてもいいって言われてもレールからはずれた時の生き方がわからないことも
許せない犯罪者が事件前に書き溜めていた言葉に共感する人の多さも

それを見て「これは自分だ……」と泣いてしまったことも
気持ち悪いからって机がくっつかないように数センチだけ離されることも
あなたはあなたの人生を生きていていいんだよ
あなたは幸せだと感じてもいいんだよ
あなたはうれしいことに笑ってもいいんだよ

だからハードルは低く
もっと
もっともっと低く
どんな小さな一歩でもいつもちゃんと跳び越えられるようにもっと低く

いつかのわたしと同じような苦しさが、あなたの中に少しでもあるのなら

そのハードルなんて、わたしが全力でぶったおしてしまいたい

だからどんな小さな一歩でも、このかっこ悪いひとりごとを思い出して、
ぶざまになって踏み出したらいいよ
わたしはへっぴり腰なその姿を見て、かっこわるいって超笑うから

そして一言つけたすね
ああ、その気持ちほんとわかるわ……って

血縁だからできないこと、他人だからできること

横断歩道の渡りかたも、席の譲りかたも、文字の読み書きだって、生理の仕組みだって、お箸の持ち方だってわかるけど、罵倒されなくなったときの自分の保ちかたがわからなかった。そもそも、家の中にあった暴力や罵倒こそ、わたし自身が生きづらい理由だったはずなのに、気がついたときにはその「生きづらさ」に発する怒りと憎しみこそが、わたしの生きる気力を支える間違った情熱になってしまっていた。成人して家族からやっと解放されたと思ったら、なぜかますます生きづらくなった時の対処方法は、道徳の教科書にも保健体育の教科書にも書いていなかった。

今でもときどき、後悔をする。もうずっと昔のことなのに、毎日のことはどんどん忘れていくのに、血縁の記憶だけは少しも色褪せる気配がない。具体的にはライブ中にしか話せないような、とても書き残せないやりきれない思い出ばかりだ。とにかくわたしがあの

家族の中にいる間に耐えず抱えてきた「死にたい」と「殺したい」は、いつも「愛してほしい」と同じ重みがしていた。

でも考えてみたら、いくらひとりぼっちになろうとしても、体の中に血が流れているということは、わたしの両親、そのまた両親の血が流れているということで、その限りは何をしても完全な一人ぼっちにはなれないんだと思ったら、ちょっと脱力してしまった。まるで、何も開けられない鍵をたくさん持っている気持ちだ。

重たいカバンにつめこんだ卒業証書、憎しみの対象だった人が人間だと実感してしまった時の絶望、自分を責めたらいとも簡単に消える罪悪感。生まれてきてすみません、と思わないで生きられるようになりたい。

つらいときにつらいとSNSに垂れ流すこと。それを読んで、わかるわーって言うこと。肉親や血縁にはできないこと。他人だからこそできること。血縁だったら過度に期待をしたり、イライラしてしまうかもしれないためらいや感情の波。つらくなったら簡単に愚痴ろう。人生の一部分しか知らない「他人」だからこそできることをしていこうと思う。だからわたしたちは、生き残った今を、絶対にうらんでたまるか。なんて強気に思えたらいいよね。

お誕生日おめでとう

いつ人生がダメになってたかもわからないから、お誕生日が来ると「自分って超すごいな」と思う。もちろん産んでくれた母親や、関わってくれたまわりの方や感謝する場所はたくさんあるが、それでもやっぱり、「こんなハードモードの人生をまだちゃんと生きてるなんてすごいんじゃない？」と自分を褒めてあげてほしい。わたしが先に自分を褒めるから。この姿を見て、バカだなーって思ったあとに、同じことをあなたが自分にもしてあげてほしい。いや、だってすごいもの。生き続けていくことはたいへんなのだ。

例えるならば毎日は、右足が「大丈夫」で、左足が「ここにいる」と歩いているような気持ちだ。大丈夫、ここにいる、大丈夫、ここにいる。そして気づいたら、振り返るといくつもの自分の足跡があって、今こうして立っている場所までずーっと続いているから驚く。

あなたの姿もそうだよ。自分すごいしあなたもすごい。日々は生きて来た証なのだ。そしてこれからも続けていく毎日。ロングランのドキュメンタリーだ。だから、あなたのお誕生日にはわたしが全力でおめでとうと言うから、わたしにも言ってほしい。

あなたの言葉を叫びます

ワンマンライブで恒例で続けている企画がある。

「あなたの言葉を叫びます」というものだ。

これはライブのフライヤーやSNSで、「あなたの今の気持ちを投稿してください。ライブ中に会場で読みます」という参加企画だ。

眠れない夜はよく、名前も知らない他人のツイッターやブログを読む。苦しい日には「死にたい」で検索をかけ、眠れない夜は「眠れない」で検索をかけると、同じく死にたい人、眠れなくてつらい人のつぶやきが一気に並ぶ。それを見て、自分と同じ人がいっぱいいるなぁと思ってほっとする。この行為は、わたしにとってだいぶ支えになっている。

だから、同じことをライブや朗読詩でもしたいと思った。

届いた言葉を読んでいると、他人のエピソードが自分に重なる瞬間がある。自分のことなのか他人のことなのかわからなくなるのだ。不思議なことに、すべて自分の気持ちにも思える。確かに同じ気持ちの記憶がわたしの中にあるのだ。その時、いつか感じた〝苦しい〟や〝寂しい〟や〝死にたい〟は「エピソードの持ち主の誰か」と共有される。会場に来てくれている人たちにも共有される。詩を叫ぶと、感情はいろんな人の中で補完され、それぞれの感情も付け足されて、雪だるまのように大きくなっていく。それはまるで、消したいとさえ思ったはずの記憶や、押し殺し続けた自分のことを、みんなで生きて取り戻しているような気がするのだ。

同じように募集した言葉を詩にまとめたものがいくつかある。

「あなたにとっての、イトーヨーカドーの紳士服売り場のベンチのような場所を教えてほしい」とエピソードを募集して作った「あなたのドキュメンタリー」。

さらに、「わたしを〝あなたはわたしの片割れだから〟と言ってくれたのに亡くなってしまったあの子の言葉は思い出すとつらいけれどわたしの支えでもある」という経験を例えにして、「つらいけれど今の自分を構成していること」を募集して作った「その足元にまでも」。

ライブ中にふと、わたしが書くものはいろんな人のもので、赤い紙に並べた【概念】なのだと思った。これはわたしだけのものではない。そう思ったら、急に、書き残すこと、それをライブで朗読すること、誰かの気持ちを預かること、その何もかもの負担がゼロになった。わたしの朗読詩は【概念】だし、いつ死んでたかわからないような人生を、出会ったいろんな人に繋げてもらった今は【余生】だ。なんだかとても身軽になった。

さらに、ライブ中は音楽がみちしるべとなり、「どうせ自分の言葉なんて伝わらない」と思って避けてきたメンタルヘルス以外の現場でも、どうにか伝えたい、と全力で朗読ができるようになった。人の気持ちや過去、進行形の生きづらさは、目に見えない。同じ気持ちの人がたくさんいることにやっと気付いた。なるほど、みんな同じ人間ってこういうことか。

朗読詩

あなたのドキュメンタリー

遠くにありておもうのも
そして悲しくうたうのも　もうやめたいのに
故郷への愛憎が少しも消えない。
この格好悪さがわたしの現実だ。

人生は、推敲を重ねた作品ではないのだ。
これはあなたの現実だ。

本屋さんの入り口にある
今週のベストセラー棚に並ぶような言葉ではなく
すげー読みづらいブログみたいな
感情過多でとっちらかっている言葉こそ
わたしは愛している。

名前も知らない誰かがつぶやいた
「学校だるいーマジ病む～」とか
「寂しいからリスカしたさしない」とか
「いろんなことがつらたん」だとかに感じるリアリティ
言葉は手段のひとつでしかない。

もっと軽々しく140文字のツイートをしよう。
感情を捨てないで、軽々しく吐き出そう。

あなたの人生は芸術作品ではない。
感情は作品ではない。
命に点数はいらん。
メンタルヘルスを語るときにイノセントな言葉はいらん。
人間はお人形ではない。
感情は勝負ごとではないのだ。
これはわたしのドキュメンタリーだ。
そしてあなたの現実だ。

いまこの瞬間はあなたが毎日を紡いできた証だ。
いまこの瞬間にいるのは
あなたが毎日を紡いできた証だ。
いまここにいるのは
あなたが頑張って生きてきた証だ。

近所の人が寝静まった夜中に
車の中で好きな音楽を流して
じっと息をひそめて暗い空を見上げる。
まるで、ここはシェルターだな　なんて思ったきみのことも。

コンクリートの車止めに座って缶コーヒーを飲んで

道を行く人と自分との世界は
ほんとうに同じものなのかと考えていたきみのことも。

眠れない夜に家を抜け出して
誰の笑い声もしない公園で
誰も自分を笑うものがいない公園で
ブランコに揺られていたきみのことも。

グループ行動が苦手で
どんどん透明になっていく自分を保つために
屋上で泣いていたきみのことも。

たくさんの生徒がいる体育館に入れず
重い扉の前で全校集会が終わるまでを
そっと過ごしていたきみのことも。

子供のころに走り回った河原を見つめて
いつからこうなってしまったのだろう、と
生まれ育った風景が遠く感じたきみのことも。

今度こそちゃんとやろうと焦っても
コミュニケーションの段階でつまずいてしまって
「真面目系クズ」と自分を揶揄してしまうきみのことも。

にらんでなんかいないのに
目つきが悪い！　と殴りかかられ
それからサングラスが手放せなくなってしまった
きみのことも。

わたしから実感だけが抜け落ちて
こころが空っぽになってしまってね
自分がいなくなってしまう気持ちなの、と
悲しそうに笑ったきみのことも。

重たい心に支配されて
床から体を起こせないまま

まとめサイトで
「炊飯器でケーキを焼くよ!」っていうスレッドを見て
なぜか少しだけ笑ってしまったわたしのことも。

大丈夫じゃないけど大丈夫
というくらいまでは来られたんだ。
何も解決しないし
ほんとうに大丈夫じゃないときもあるけど
大丈夫なときもある。
わたしは地位も名誉もお金もメンタルの健康もないから
こうして体現していくしかないのだ。
そしてそれは

あなたの生きてる姿もそうだよ。

人間だからいろんな感情がある。
悪い気持ちもどす黒い気持ちも
あいつばっかりってうらやむ気持ちも
自分だけ足りないと落ち込む気持ちも
自分以外のすべての人が生産的で立派に見える気持ちも。

それらすべてを
体現せよ！
悲しみも苦しみも
ウツも怒りも悔しさも

体現せよ！
あなたの存在を
体現せよ！
失敗しまくって挫折しまくって
あなたの感情を
生きてるってことを
体現せよ！

それはね
あなたの生きてる姿もそうだよ
あなたの生きてる姿も
あなたの生きてる姿もみんなそうだよ！

喜劇のもつ切なさ、強烈にグッとくる一瞬のために
わたしはばかばかしい風に話して笑っていたい。
言葉の必殺技を確実に使いたい。
メンタルヘルスや生きづらさに無関心な層に的確に的中したい。
ウツは甘えだとかいじめられる側が悪いっていうやつに的確に的中したい。
そして精神に限らず障害を美化するやつに、的確に的中したい。
ゴミではない！　そして天使でもない！
わたしは、この現実を的確に突き刺したい。

こんなもの過ぎたら忘れてもいい。
いつかすっかり元気になって

メンタルヘルスのことを考えなくなる時が来たらわたしなんか忘れてもいい。
でも忘れられるためには、出会わなくてはいけない。
だから続けるのだ、死なない手段のひとつになるために
こんなださいライブを続けるのだ。

だから、ウツの苦しさも
あなたの生きづらさも
確実に突き刺さるように言葉にしたい。
それが、無関心さに伝えるための
唯一の希望だと、思っているんだよ。

人生は、推敲を重ねた作品ではない。

これは、あなたの現実だ。

人生は芸術作品ではない。
感情は作品ではない。
命に点数はいらん。
メンタルヘルスを語るときにイノセントな言葉はいらん。
人間はお人形ではない。
感情は勝負ごとではない。
これはわたしのドキュメンタリーだ。
そしてあなたの現実だ。
いいか、これはあなたの現実だ。

これが、わたしの現実だ。
それがあなたが体現し続けてきたドキュメンタリーだ。
これが、あなたが体現し続ける、わたしが体現し続ける、ドキュメンタリーだ。
終わらせるな、終わらせるなまじで、死ぬな、終わらせるな、あなたは絶対に死ぬな。

あなたのドキュメンタリーは
あなたのその目で撮影し続ける人生のことだ。
これからも続ける、これからも続いていく毎日のことだ。
あなたが体現し続ける、わたしが体現し続ける、
この、ださい毎日のことだよ。

いまこの瞬間は

あなたが毎日を紡いできた証だ。
いまこの瞬間にいるのは
あなたが毎日を紡いできた証だ。
あなたが生きてきた証だ。

２０１７年、９月20日、あなたが毎日を紡いできた証をここに証明します。

超偉いぞ！

Photo: Naoki Tajima

朗読詩

その足元にまでも

「今から話すものがたりは
すべてこの世界に生きている人の話です
それはあなたかもしれないしわたしかもしれない
すべてのことは誰かかもしれないし自分かもしれない
今から話すものがたりは
あなたとわたしのことです」

同じ病院にいたあの人のことをぼくは死ぬまで忘れないだろう
仕方ねえなあとお互いのことを笑っていたのに
仕方ねえなあと笑う役はぼくばかりになった
そしてだんだん笑えなくなって仕方ないじゃ済まなくなった
お酒をやめたいんだと言ったあなたの言葉は信じるから大丈夫だよ
生きたいんだと言ったぼくたちの言葉も信じるから大丈夫だよ
嘘じゃなかった時間のことを
あなたが最後に作ってくれたカレーのにんじんの大きさのことを
ぼくたちがもう一緒に過ごせない時間を生きてゆく覚悟を
ぼくは、あなたと一緒に取り戻せるだろうか

家族が突然、終了をした日

「なに泣いてるんだ」と笑っていたあなたの言葉
寂しさのごまかしに見えなくもなかったけれど
切り裂かれるように痛んだわたしの心臓も、止まらなくなった涙も
一瞬にして無価値の判断を下された気持ちになった
人の顔色で変えてしまう自分の気持ちを
心臓の代わりに切り裂いていく腕の痛みを
わたしは、あなたと一緒に取り戻せるだろうか

進みたい道があった、読みたい本があった
見たいテレビがあった、行きたいライブがあった
だけどぼくがやることをぼく自身が決めてはいけなかった
いつも支配し続け、いつも奪い続け、いつも監視し続けられた

愛そうとした愛されようとした愛そうとした頑張った
家族から離れたときに初めて手にしたぼくの選択肢
読みたかった本のページをめくる音を
あのとき家族に言いたかった本音を
ぼくは、あなたと一緒に取り戻せるだろうか

卒業に必要な日数を耐えて耐えて耐えて耐えて
処方薬でごまかして通う予備校で開くノートに
何度、もう無理だと書き殴ろうと思ったことか
自分への価値が欲しくてすがった勉強を諦めたとき
あなたになんてわからないとすべての人を切り捨てた
それでも悲しそうにわたしを抱きしめたあなたが言った

「今は泣きなさい」という言葉の意味を
見失ってしまったわたしの未来を
わたしは、あなたと一緒に取り戻せるだろうか

ぼくを殺すあなたを殺さなかったのは
自分の夢を摑むためだったのに
同じ家で眠るあなたを殺さなかったのは
自分の夢を守るためだったのに
ぼくが殺したぼくと一緒に消えてしまった夢を
自分自身であることの実感を
生きているのかわからないこの気持ちを
ぼくは、あなたと一緒に取り戻せるだろうか

ねえ
忘れてあげようか
信じようとして信じた気になって
愛そうとしたら全部消えたあなたのことを
わたしとあなたの通じ合わない会話のことを
出会いたくなかったのに過去になりかけたまま　とどまっている想いを
駅の改札で離せなかった手のことを
こうして必死に忘れ続けたわたしの時間たちを
わたしは、あなたと一緒に取り戻せるだろうか

ぼくが毎日机に顔を伏せていたのは

どういう表情でクラスメイトと話せばいいのかわからなかったから
挙動不審なぼくに声をかけてきたあなたは
もしかして「こんな自分をどうにかしたい」という
同じ気持ちを秘めていたのかな
こうして連れ出している形見の写真を
あなたの後ろに見えた夕暮れのオレンジを
悲しすぎて今はまだ思い出せないあのオレンジを
ぼくは、あなたと一緒に取り戻せるだろうか

突然、わたしと口をきく人が誰もいなくなった日から
無色透明になっていく自分をひとごとのように見ていた
こうなってしまう前のわたしを知っているあなたが

「あいつ本当はおもしろいんだぜ」って軽い口調で笑ってくれた
急に消されてしまった居場所を
笑顔で人と話ができていたあのころを
確かに自分が存在していた証を
わたしは、あなたと一緒に取り戻せるだろうか

バスから降りて、並ぶ傘の列
あいつキモいと言われているのが本当か妄想かわからない
もう無理だと確実に思った瞬間のことを
そこに置き去りにしてきた16歳の自分のことを
あの瞬間に消えた自分の未来のことを
わたしは、あなたと一緒に取り戻せるだろうか

罵倒されることが怖いから家に入れなくて
玄関の階段に座っていたこと
フェードアウトした父親からの誕生日プレゼントが
ポストの前にそっと置かれていたこと
ああ、鍵すら持っていないんだ、と愕然としたこと
さみしくて死にたくてさみしくて消えたくて
それでもやっぱり愛されたかったこと
あのときに決めた「誰にも期待しない」
あのときに誓った「誰も信じない」
あのときに手に入れた「誰も愛さない」

大切なものは目には見えないとしたら
この人生の空白はどうしたらいい

全部許したいし、何も許したくない
自分のことだって同じだ
全部許したいし、何も、何ひとつ許したくない
何も許したくないし
もう全部
もう全部許してあげたい

正しい近道ができないわたしたちは
あなたと一緒に取り戻せるだろうか

わたしは、あなたと一緒に取り戻せるだろうか
失くし続けたわたし自身を
あなたと一緒に取り戻せるだろうか
押しつぶし続けたあなたの心は
わたしたちと一緒に取り戻せるだろうか
一緒に取り戻せるだろうか
あなたと一緒に取り戻せるだろうか

声を上げて泣きながら歩いた西成の商店街
人は何かをしてもらうだけじゃ生きられない
他人のために何かできる瞬間がないと
孤独で死にたくなる

必要とされないと頑張れないから
自分にできることすら奪われたら頑張れないから

日常にかかっている魔法は
終わりの瞬間しか美しくしてくれない
日常にかかっているずるい魔法は
最後の瞬間だけを美しくしたまま残していく
だけど今日は
だけど今日が、いまここにいる今日が
その足元にまで続いてきた今日までのことは
噓じゃない、真実だ
今日は

嘘じゃない、真実だ
あなたがそこにいる今日は嘘じゃない、真実だ
あなたがそこにいる今日は嘘じゃない、真実だ

振り返ればいくつもの自分の足跡があって
今こうして立っている場所まで
今そうして座っているあなたの場所まで
ずっと続いているのだ
ずっとずっと続いてきたのだ
何度も何度も、もう無理だと思ったときも
こんどこそ無理だと思ったときも
ずっと、ちゃんと、続いてきたんだ

だから、
なくしてしまったから叶わないなんて
過ぎてしまったことはもう叶わないなんて
こんな現実は最高に卑怯だ
わたしは絶対に叶えるからな
わたしたちは絶対に叶えるからな
これは、約束だ
わたしたちは絶対に叶えるからな
あの時に泣いたあなたは今もちゃんと生きているし
あの時に死のうとしたあなたは今もちゃんと生きているし
わたしたちは生きて叶えるからな

あなたが生きて叶えるんだからな

忘れたくなった自分の人生は、
今ここで同じ引き出しに入れておこう
同じ記憶として共有しよう
何度消そうとしても消えないのなら
こうして同じ記憶として
一緒に聞こう

これは約束だ

わたしたちは

希望と絶望を
これから
何度でも繰り返そうね

SAD（社会不安障害）のわたしが人前に立つこと

物心ついたら生きづらさがあって、声の陰口を言われてることに気づかないふりをしてへらへら笑っていたらだんだん学校に行きづらくなって、話の合う友達ができなくて、人間関係を長続きさせるための距離感がわからなくて、傷つくのがこわいから一人で過ごすのが一番楽で、人がいる場所に座っていられなくなって病院に通い、気づいたら成人もとっくに過ぎて、人生の半分は服薬をしていたことを考えると、通常の状態ってなんだろうと思う。

穏やかな日常や、何でもない毎日を大切にできる生活や人に羨望し続けて、丁寧な暮らしをする真似をしてみては、なぜだか感情が死ぬような気持ちになって、結局ぶち壊して逃げてしまうのは、わたしの人生のこれまでに「穏やかな日常」なんてそもそもなかったから、それを日常と思えないからだ。家の中にはいつも暴力と罵詈雑言（ばりぞうごん）があった、小さい頃には血まみれの風景も見た。

それでも人と関わりたかった。コミュニケーションがとりたかった。誰かと話がしたかった。笑ったり、ご飯を食べたり、自分じゃない他人と関わりたかった。詩の朗読ライブをするようになっても、自分の姿をさらしながら話すようになるまでには数年かかった。わたしがこうして本を書いたり、ライブをしているのは、優れたものがあったわけではない。言葉を書く能力があったわけでもない。完全にただの場数だ。「その気持ちわかる」と言って自分の人生にあったできごとを教えてくれた人たちとの出会いの場数だ。

こうしてわたしがしてもらったように、あなたの人生を肯定したくて朗読をしている。どうしても、人が死なないでほしい。いろんな方に会ったり嬉しい再会をしたり、人生が繫がり続けてほしい。あなたの人生が誰かの人生と繫がっていること、自分と他人が地続きであることを実感していてほしい。わたしの中の実感も、このまま消えないでいてほしい。だから、わたしは誰かと誰かを繫げる係になろう、と思っている。わたしのことなど通り過ぎてしまってもいいから。

ライブ中は、たくさんの人と目があいたい。会場中、一人ひとりのことを順番にずっと見ている。何度も見ている。「あなたのことだよ」「あなたのことだよ」と投げかけたいのだ。なぜなら、その言葉はわたしが言われたくてたまらないから。来てくれた方と目があいたいし、表情が見たい。あなたはちゃんとあなたの人生の当事者だよ、と言い続けていたい。そして、世界とあなたをつなぐ媒体になりたい。

朗読詩はすべて赤い紙に書いているため、ライブ後は、読み終わった赤紙が地面を埋め尽くす。だが、それは手元にほとんど残っていない。毎回、生きてここに存在していた証として自由に持ち帰ってもらっている。たくさんの「わたしかもしれない誰か」が赤紙を連れて帰ってくれることはとても嬉しい。

生きづらさやメンタルヘルスのことを考えなくなったら、わたしのことなんて全部忘れてもいいよ、なんてよくMCで言ってるけれど、そう言うわたしがいつまでたっても生きづらさのこともメンタルヘルスのことも考えなくならないから、「生きづらさ」とはもしかして普遍的なものなのだろうか。

Photo: Naoki Tajima

一緒に不幸でいるよりも寄り添いあおう

人生はハッピーエンドの積み重ねではない。
しかし、美しい瞬間がいくどもある。
だからどうか見渡してほしい、あなたの周りを。
見過ごしていた愛情が必ず落ちている。
前を向いて歩かないつもりなら
先回りして道端に愛を落としておこう。

言葉が太刀打ちできない現実を何度も目の当たりにした。約束があっても人は死んでしまう。責めたいのではない。現実として、言葉があっても人は死んでしまう。言葉は発すればその瞬間に消える。わたしは朗読をして、一瞬で言葉を消し続ける。「言葉なんて」

と思いながら「言葉よ届け」と投げまくっている。言葉への信頼度が低いのは、言葉を信じたい気持ちが強すぎるからだと思う。

いくら言葉を書いたって、話しかけたって、現実の力はあまりにも強い。言葉などまったく届かない。それでも今日が消えるな、忘れてしまうな、と書き続ける。

県主催の大きなフォーラム、地下の小さなライブバー、福祉系支援センター、サブカルチャーやアンダーグラウンド系のトークイベント、社会や政治問題関連のフェス、バンドと一緒に出るライブハウス、さまざまな場所で朗読をする機会をいただき、そのたびにいろんな声をもらう。

ある時は「不謹慎」、ある時は「真面目」、ある時は「そんなことして何になるの?」。出演するイベントはジャンルがバラバラだけれど、わたしの中ではすべて地続きで繋がっているのにな、と少しだけ傷つく。悔しいから、なんでも冗談みたいにして笑って話す。そして「バカじゃないの」と言われながら、その笑い話に1ミリの本音をぶちこんでいく。そんなふうにしかできないけれど、他人をディスって相対的に自分があがったように見せても、もともとの価値などあがらないから悪口合戦はやめておこうね。他人に対してもそういうところに気づきたい。あなたの１ミリの本音をこぼれ落としたくない。

いつも現実を知りたい、今起こっていることをリアルタイムで知りたい、その場所に行きたい。そして、今の言葉で朗読をし続けていたい。書いたものが永久に残らなくてもいい。気持ちだけが残っていればいい。

その時代その時代の言葉で、具体的にあなたに話しかけたい。

こうして言葉を発し続けるしかない理由は、どうしても愛にはなれず、愛憎の憎のほうが大きくなったりするけれど、テレビに流れるニュースがあまりにも悲しくてめちゃくちゃだから、黙らないでいようと思う。どうかあなたも心の中身をかき消さないでいてほしい。自分のことを殺さず生きていてほしい。そして、誰かが投げたバトンが自分のところにまわってきたら、次はわたしたちの番だ。一緒に、閉じていた目を開けたら希望が見える世界にしていこうね。

孤独は味方

学生時代の夏休み、遊ぶ友人がいなかったから、仕事を終えて帰ってきた母親が、「おやつを食べよう」と、毎日わたしをケンタッキーやミスタードーナツへ連れ出してくれた。寂しさの感覚がマヒしていたわたしは、一人でいる毎日もそれなりに充実していたのだが、外に出るのはやっぱり楽しかった。

そんなことを思い出しながら、仕事から帰ってきてテレビをつけたら、トレンディエンジェルの斎藤さんが「友達が一人もいなかった高校時代。友達、学校の人がいない地元の駅でマックのハンバーガーを5個買って食べるのが楽しみだった。それがすべてだった」って言っていたのを見て、自分でもびっくりするくらい泣いてしまった。

あのイトーヨーカドーの白いベンチに座っていた時の自分に重なったのだ。そして、あの夏休みのことも。

過去は消えずに、ちゃんとわたしの土台となって存在している。今までの人生で、抱えきれずに溢れ出したすべての孤愁は、ちゃんと自分を積み上げてきたような気がした。

世界は水面

自分の姿はちゃんと、すれ違う人にも見えているのだろうか。実在しているのだろうか。大丈夫？　わたしちゃんといる？　ここにいるのって本当の自分？　と聞いてまわりたい日があるのは、わたしだけではないはずだ。そんなとき、隣の席に座っていた人が立ち上がった瞬間の小さな風で、わたしの机の上に置いていたレシートが地面に落ちた。

世界は、水面だ。
誰かが動けば、小さい波が（たとえ半径1センチだとしても）ひろがっていく水面だ。
世界は水面だ。
あの人が立ち上がった風がわたしの席に伝わる。
あなたとわたしは地続きだ。

世界は水面だ。

あなたの夜中のつぶやきにわたしは救われたかもしれない。

世界は水面だ。

誰かが生きづらい世界になったら、絶対自分にも返ってくる。

世界は水面だ。

「そんな小さいことなんかしたって……」を自分がしないで、他に誰がどうやって始めるつもりなんだろう。


「世界は水面だ」というフレーズを繰り返す朗読詩「傷つかない人間なんていると思うなよ」を野外フェスで朗読をする機会があった。

そして偶然にも、「世界は水面だ」と言った瞬間に、雨がふりはじめた。

目の前の人々が傘を広げていく。

視界に色がついていく。

それぞれの誰かが選んだ傘の色が広がっていったあの日、世界は確かに水面だった。

Photo: Seikichi Tachikawa

朗読詩

傷つかない人間なんていると思うなよ

Googleで「1983年生まれ」と検索をすると候補ワードに「犯罪」と出てくる。
そういえば生きている中で、事件の犯人がつかまったニュースに
「あ、同じ年の人だ……」と思うことが多かった。
わたしはそれを見ながら学校へ行ったり不登校気味になったり、
友達がいたりいなかったりした。
部屋で一人でいる間にも世間は自動的に動いている。
学校に持っていけなかったリコーダーが机にたてかけてある真っ暗な部屋で、

世界はいつなくなってもいいと思っていた。

自分の天職だと思っていた仕事を体力の限界でやめたとき、
もう何も自分にできることがない気がした。
やりたい仕事も希望もなくなってしまった。
母子家庭で実家もないわたしは、貯金がなくなる前に生きる保証を得なければ
自殺しなくても死ぬかもしれないと思った。
気持ちがつらくてテレビは見られないし眠れないし
世界はいつなくなってもいいと思っていた。

薄ら笑いばかり浮かべて会話ができない。
だから物事を伝えようとすると焦って一生懸命になってしまう。

「必死なのだださい」「そんなことをして何になるの？」

「そんなことをしてもなにも変わんないじゃん」「そんなの恥ずかしいからやめなよ」

そして笑われて、ばかにされて、わたしがいないときに悪口を言われる。

世界はいつなくなってもいいと思っていた。

かつて毎晩長い日記を書き、mixiやテキストサイトを更新し
掲示板で自分語りをし合い、メッセンジャーで悩みを話していたころに
たまっていた心のゴミみたいなものは
ほんとうはゴミではなくて糧だったのだとしたら？

ねえ、その中にある気持ちが血や肉になる糧だとしたら？

ねえ、この気持ちがゴミではなくて血や肉だったとしたら？

ねえ、いつかおまえが恥ずかしいって笑ったこの必死な気持ちが
ゴミではなくて血や肉だったとしたら？

文章が削られ、詩やポエムは恥ずかしいものとなり
facebook やインスタグラムの一枚の写真にいいね！　をもらい
言葉がどんどん省略されていく毎日の中で
あなたの心にたまっていく感情の行き場はどこだ！
あなたの心にたまっている感情を言葉に！
ここで言葉に！
ちゃんと言葉という居場所があるから
ちゃんとその心の感情に言葉という居場所があるから。
なにも素晴らしくない世界で言葉という居場所があるから。

すげー無神経な言葉が飛び交う。
傷ついた自分が悪かったのかもしれないって思わなくていい
泣いたのが間違いかもしれないって思わなくていいよ。

たった一回の既読スルー、たった一言のあいつキモいにも
全部に傷つくのは事実だし嘘じゃないし悪くないし
世界はいつなくなってもいいと思うのはもういやだ。

だから、ここで全部言ってやる！
あなたが今まで死ぬ思いで飲み込んできた分だけ全部
あなたが今まで一人で我慢してきた分だけ全部

ここで全部言ってやる！
傷つかない人間なんて、いると思うなよ
傷つかない人間なんて、いると思うなよ
傷つかない人間なんて、いると思うなよ

世界は、水面だ。
誰かが動けば、小さい波がひろがっていく水面だ。
最後の手段としてやっているこんな朗読も
それを見た人、聞いた人に伝わることもあるかもしれないこと。
世界は、水面だ。
あなたが動けば、小さな風が隣の席の人につたう。
世界は、水面だ。

わたしが叫べば、あなたの耳にいやでも入る。
世界は、水面だ。
あなたの感情が、確かにそこにある。
世界は、水面だ。
確かにそこにある感情は、言葉にしたら空気を伝って誰かの耳に入る。
なくなってしまえばいいと思っていた世界は
水面だ。

今日のこの夜が、誰かに伝わるかもしれないこと。
あなたにもしかしたら伝わるかもしれないこと。
いつかわたしをばかにしたやつ
わたしをきもいって言ったやつ

そんなことしても何も変わらないなんてかっこつけてんじゃねえよ
こうやってめちゃくちゃな文章を読んで
どうか死ぬな死ぬな死ぬな死ぬなってムキになっているわたしを
あなたは見えてるはず……世界は、水面だ。

躁からウツへ、ウツから躁へ
いつか倒れたときの限界がいまのわたしのスタートだ
何度でもやりなおしできるなんて知らなかったし
いつか諦めたときのすべてのおしまいがいまのわたしのスタートだ
何度でもまたはじめられるなんて知らなかったし
不健全なライブをし続けてやる、言葉をOD（オーバードーズ）しないで生きていくぞ
言葉を消さずに、黙らないぜ、黙らないぞ、黙らないぞ！

素晴らしき世界でどんづまって生きていくぞ

可能性とは想像力の分だけあるんだ。
わたしはそれをバトンタッチできる自分になりたい。

バトンリレーとか絶対落とすタイプだけど、落としたらひろってね。
わたしも足下にあなたが落としたバトンが転がってきたらひろうから。
世界は落としたバトンだらけだ。

嫌いな人のバトンは多少雑にひろってあげるから。
だから、あなたが落としたらひろうから、
わたしが落としたら全部ひろってね。

そんなの、超かっこわるくて素晴らしい世界でしょう?

どうにもならない日

悲しい日。ごはんを食べていたら、「こんな非生産的なわたしなんかがご飯なんて食べて」と申し訳ない気持ちになってしまう。なんて、文字にするとバカげたことだなあと認識できるのに、心では本気でそう思っている。自分の中で意識のズレが生じる。ご飯を食べているときにくる悲しさが一番つらい気がする。


寄り添いたい。人が生きていくことに。

亡くなってしまった人の思い出にひきずられがちな冬が来ても、生きている人になにができるかを考えたい気持ちが勝てるように。

生きている人、あなたのことだよ。

やらなきゃいけないことをやるためには、まず自分が死なないことだ。だから、こうやってつらいつらいと泣きながら、明日を待つ日はきっと愛おしいよね。

笑ってしか話せないことがある、それはだいたい本音だ。笑うしかないよなというときの薄ら笑いみたいな表情をするときのこと、わたしはわりと好きだ。だって笑うしかなかったんだもの。それは本音だから、愛おしい。

そう思うと、今やめたらだめだ。生き抜いて辿り着いた今をやめちゃだめだ。なんて、文字にすれば納得するのに頭ではまた悲しい日が周期的に来るのだ。解決しなくてもいいから、やりすごせる手段をたくさん増やしていきたい。

バトンリレー

朗読ライブは、すべて写真も動画も自由に撮ってもらってかまわないことにしている。それは今日この日に来たいと思っていたけど来られない方を置いていきたくないからだ。わたしは新潟という地方都市出身なので、東京に引っ越すまでは金銭面でも精神面でも、見たいライブや行きたいイベントに参加ができないことが多かった。

そのたびに、せっかく同じ趣味や考え方を持った人たちと繋がれても、その場所に行った人と行けなかった自分では世界が違ってしまうような気持ちになった。一回一回の経験値が積み重なって自分だけ取り残されているようで、好きになったものでも、結局は寂しさにつながり、そこから離れてしまうことが多かった。

だから、見られなかったことで生きづらさが増えてしまう可能性があるのは、どうしても嫌だったのだ。それは来てくださる方も同じ想いがあったようで、それぞれが名前も知らなくまだ出会ってもいない誰かのために、ＳＮＳに画像や動画をシェアしてくれることが増えた。
興行としては間違っているのかもしれない。でもそれは、協力してくださる方のためにも、ちゃんと「いつか現場に行きたい」って思ってもらえるようにわたし自身が頑張ればいいだけだ。だから、バトンリレーは絶対に止めないでいるね。だって、それはいつかの自分だからだ。

気付けば、いつの間にか、撮影をしてアップしてくださる方が増えた。それをインターネット越しに来られなかった方がシェアして、人と人が繋がっていった。とても嬉しくて、あたたかい。こうしてみんなが思いやっていけば、死ななくてすむ手段のひとつになるかもしれない。

もうだめだって思った時や悲しい波が来た時には、自分の持っているバトンを落としまくるから、その時はどうか預かっていてほしい。その代わりわたしが大丈夫なときは、あなたのバトンを預かっておくよ。こうして、みんなでなんとかバトンを拾ったり落としたり預かったりしていよう。わたしたちはまだ手元に渡さなきゃいけないバトンがいっぱいあるから、あなたに会いにいくよ。受け取ってくれたら、次はあなたの番だ。そのときが来るまでとりあえず預かっておいてね。頼んだよ。

Photo: Yuri

選択肢は多いほうがいいしサンプルのひとつになりたい

生きづらさは消え失せることはないけれど、やり過ごすカードは増えたと思う。今のわたしが、周りにいる人たちにちょっとずつ選択肢を増やしてもらったみたいに、わたしもそのひとつになって、もらったものを繋げていきたい。選択肢はたくさんある世界がいい。

だから、わたしはそのサンプルのひとつになりたい。選択肢を広める手段になりたい。あがき続けたい、考え続けたい、投げかけ続けたい、感情やできごとや、確かにあったことを何もなかったことにするのもされるのもいやだ。そして、この気持ちをわかりあえることは、とてもほっとするのだ。

死ねなかったまま過ごしたら、生きてきたことになっていた。あの頃のわたしも生き延びた。それは、あなたの姿もそうだ。言葉を書くことをやめないでいる理由や、朗読をこんなにムキになって続けている理由はきっとこういうことなのだ。

だから、何度また死にたくなっても、されど、望もう。
明日また死にたくなっても、わたしたちは何度でも望もう。
どんなに絶望しかなくなっても、新しい選択肢をわたしたちは作り続けようね。

簡単に愚痴ろう

誰のあいづちも入らないような吐露や独白が好きだ。幼少期から常時不眠ぎみのため、眠れないというだけで人間は毎夜悲しくなるのだから、どれだけ強いのだろう「睡眠」とは……という実りのない独り言をよく呟いている。すぐに愚痴るし、すぐに泣き言をいう。人の泣き言も好きだ。抱えきれない本音を、さも気軽に「病む〜」とか「うける〜」とか「つらたん」とかいう文化が大好きだ。ためこんで死ぬ前に、どうか簡単に愚痴ろう。そして自分勝手に他人の愚痴に自己投影をしよう。死ぬよりは何倍もましだ。生きるってたいへんなんだもの。気軽につらいって言ってないとやりきれないから、みんなもっと吐こうよ。つらいつらい、もう無理。

今まで飲み込んだ言葉のぶんだけ全部、なかったことにしようとした黒歴史のぶんだけ全部、一緒に言おう。まだ言えないときは代わりに言っておくから。絶対死なないために軽々しく、「はー死にたい」って小出しにすることは不健全ではない。わたしは健全だから明日も超生きる。あなたの愚痴も生きづらさも、健全なことだから死なないでほしい。

個性的であれ論理

眠れなくて、近所を歩きまわって家にも帰りたくない夜中、何度コンビニの明かりに救われたことか。目的なく寄り道をして、特に読まなくてもいい雑誌をパラっとめくって、たいして飲みたくもない野菜ジュースを買って帰る真っ暗い道。みんなあるんじゃないだろうか、そういう夜の思い出。

今までどのくらいの時間をウツで寝込む行為に費やしたんだろうとか、どのくらいのお金を医療費に使ってきたんだろうとか、それを換算したらどのくらい生産的な自分になっていただろうかとか、思うことも多い。自分だけがいつも足りない気がする。すごく頑張れたとしても、話し方も感じ方も、外見的なことももちろんだし、好きなことへの愛情も、字の書き方から歩き方まで、何もかもすべてがどんなに頑張ったとしても人並みにも辿りつけない気がする。みんなそうなのだろうか。

精神疾患にならなくて済んだのなら、絶対にならないほうが良かった。何かの間違いで自分の人生を選び直せるなら、精神疾患にならないほうを選ぶ。「ウツで良かった、すべては神からの試練よ！」なんて死んでも思わない。気付いたらなっていたから、「なりたくなかったよね～」と笑いながら話して、それわかるって言いあいたい。これが、わたしの愛だ。

コンビニの有線、J・POP。立ち読みをする人と並んで、安心する気持ち。踏み潰した形のまま転がっている缶ビールを睨みつけてから、自分の足をはめてみたら、誰かが確かに踏んだその足跡にわたしの足もうまくハマったから、少し泣いた。同じ人がいたんだな。

個性的であれなんていう幻想はわたしが全部ふきとばしておくから、こうして同じでいようね。「生きたい」って思う同じでいようね。

オンリーワンだろうがワンオブゼムだろうが人間は等しく尊い。
ワンオブゼムは「成り下がる」ものだとは思わない。
一億総活躍しようがしまいが命は等しく尊い。
そもそもがみんな違う人間だし、みんな同じ人間だから。

セーフティネットの底辺になりたい

あの子が亡くなってから何年もたったのに、少しも楽にならない。だから、もう、できるだけ絶対に自殺をしてほしくない。

人が死ぬということはスマホのホーム画面にカウントアップアプリが張り付くということだ。恋人同士が使う「付き合った日から何日？」を知らせるかわいいくまモンのアプリが、あの子が死んだ日からの日数を数え続けるということだ。約束した日が来てもあの子がいなくてわたししかいないということだ。生きるための選択肢が、死ぬか殺すしかない世界はもうたくさんだ。セーフティネットがまるでタータンチェックのようになって、どんどん大きくなる網目からわたしたちはすべり落ちていく。

昔、天職だと思ったデザインの仕事をやめたときに、円形脱毛症ができた。人生でもうなにもできることがないような気がした。毎日、公園をはしごして歩いた。ずっと同じ場所にいると、「あの人、無職」と指をさされて、全員に見張られているような恐怖が起こった。銀行の残高が減っていくだけの日々に、ゾっとした。

結局、地元になじめず、ウツで床に転がっているだけだったわたしに、東京に引っ越す機会をくれた人が、わたしにとっての最後のセーフティネットだった。ここにひっかからないですべり落ちたままだったら、どうなっていただろう。だから、今度はわたしが掘り下げまくって底までいきたい。セーフティネットのあり方の一部になりたい。

熱量だけの文章や、やけくその朗読や、言いすぎてしまう本音のやり方こそ合う人がいるかもしれないし、踏み台でも通過点にされてもかまわないし、生きづらさのことを考えなくなるくらい人生うまくいったら忘れられても全然いい。(でも、覚えててくれたら一番嬉しい。) かき消されてしまう声や、名前を知らない人の生存権をないがしろにしてしまう社会や、どこにも見つからない最後の砦を、できる範囲だけでも構築したいのだ。

Photo: Seikichi Tachikawa

朗読詩

ヘッドライン

「では、次の話題です」ではじまる政治スキャンダルと人の命の話が
同列で扱われる。ときどきおかしくなる優先順位。

風潮が知りたいからつけっぱなしのテレビ。

ネットスラングで埋まる中高生専用SNS。

スクールカーストで決まる使ってもいいボールペンの色。
〝自業自得〟で簡単に片付く名前を知らぬ誰かの生存権。
見出しだけ読めばわかったつもりになれるネットニュース。
ローンを組んでも買いたい自己肯定感。
石鹸とリネン室の匂いがする雑居ビルでお金を出して買った愛情。
予備校のビルに掲げられた学生ローンの受付。

奨学金返済のために休学する大学生アルバイトのニュースをスクロール。

再生し続けるミュージックアプリで簡単に消えた雑音。

と、同じく消されてしまった救急車のサイレン。

わたしを殴るあの人に投げ捨てた「じゃあ殺せばいいのに」という言葉。

過労死しないともらえないねぎらい。

もっとたいへんな人がいるのだから、と消された声。

保存もせずに削除したひとりごと。

悲しくない人の死なんて、わたしの人生に一度もなかった。
その全部を、わたしたちがこうして覚えていると約束をしよう。
こうして一緒に覚えていたら今日はいつまでも消えないから。

ひとつになれないわたしたちは寂しいから、
いつも行く坂道を陽気に登り続けようね。

あなたが真夜中につぶやいてから
なかったことにして消した汚い言葉は、
何度も書きなおして整えられた文章の何倍も美しかったよ。

釜ヶ崎

日本で一番生活保護受給者が多いと言われ、時にはスラムと揶揄されることもある街、釜ヶ崎に定期的に通っている。ウツが絶頂期だったときに、今行きたい場所に行っておかないと本当にこのまま人生が終わってしまうかもしれない、と危機感を覚えて訪れたのが最初のきっかけだった。火事場のバカ力とはよく言ったものだ。なぜ釜ヶ崎を知ったのかは思い出せない。

最初に訪れたときに、事前にインターネットを通じて知りあったバンド「釜凹バンド」のみんながわたしの好きな曲を練習していてくれて、歓迎に歌ってくれた。そして、現地で仲良くなった〝あおさん〟は、もうどうやって生きていけばいいのかわからないから帰りたくない、と道の真ん中で泣いたわたしに「おっちゃんもね、死にたいと思ったことは何度もあるよ。だけどね、人間は愛がひとつでもあれば生きていけるからね」と話してくれた。
おっちゃんたちは過去にいろいろな理由があり、ここに住んでいる人も多いという。それから年に何度か通うようになった。

あと数歩行けばトイレに入れるのに、公衆トイレの壁に向かって立ちションをしているおっちゃん。教会のミサで運動会の応援歌かと思うくらい大声で元気に歌われる賛美歌。道端に置いてあるボロボロに破けたソファに座って食べる150円の露天のうどん。その目の前で売られていたパッケージが色褪せすぎている熟女AV。真夜中に聞こえる怒号とシャッターに何かがぶつかる音。スナックからだだ漏れしているカラオケ。寂しさと欲望と怒りと、隠しきれない人間味。

街の中心にある三角公園には、街頭テレビがあり野球中継に人が群がっている。自動販売機で50円で売られていた缶コーヒーを持ってそこに座ると、公園の向こう端から「よお！！　ねーちゃーん！！！！　げんきかー！！」と声をかけられた。なんだってこんな端と端で大声を張り上げて会話をしなきゃならんのだ、と笑いをこらえながら返事をする。

「げんきですよおおおーーーー!!!」

50円の、あまり見かけないメーカーの缶コーヒーはのどが焼けるように甘ったるい。おいしくないなぁと思いながら、またも笑いがこみあげてくる。だって、コーヒーっぽい匂いがする何か茶色い砂糖とミルクの飲み物なのだ。

この街で、わたしは自分がここにいてもいいんだと思うようになった。自分の人生は、自分が生きてきた重みなのだという実感を強く持った。理由のわからない生きる力が、心の中でぼうっと燃え上がった。

街の中心にある公園で開催された音楽フェスに出演した日、自然と口から出た自分の言葉に驚いた。

「このライブは復讐じゃない、これは約束だ。わたしたちは一緒に生きて絶対に叶えるからな」。

朗読中、「あっちゃん！」「みんな同じやでー！」「釜のアンコも一緒や！　一人や！」という声があがって、読みながら涙が流れてしまった。ちなみに〝あっちゃん〟というのは、「横文字が苦手だから」と照れ笑いをしながらおっちゃんがつけてくれたあだ名だ。アイコって横文字じゃないんだけどな、と思ったがすごく嬉しかった。

もともと、わたしがライブ活動を始めたのは、最終手段であり、家族や学校で悪口を言ってた人への復讐だった。でもいつの間に違っていたのか……。無意識に口から出た言葉を振り返って驚いた。復讐じゃなくて約束。人間はみんな血が通っている。体からはみ出るくらいの孤愁があって、そこからはみ出るくらいの悪意もあるけど、やっぱりどうにかして人の感情や心に触れたい。とりかえしがつかない悲しいことが起こったりするけど、それでもやっぱり人の感情に触れたい。生きることに寄り添いたい。生きている人が虐げられない世界がいい。

ライブ後、釜凹バンドののぼるさんが話しかけてくれた。

「俺はな、今やっと自分のことを好きになれたんや、ずーっと自分のことをダメな男やと思ってたんや。男はあまり自分のことを語らんからアイコちゃんの叫びに重なるんよ」

ちなみに翌日、喫茶店でモーニングを注文したら、隣のテーブルにいたおっちゃんがこう話しかけてきた。

「昨日、公園でライブしてた子やろ？　あんた声ですぐわかるわ」

これが、人生で初めてこの声で良かったと思った瞬間だ。

みんな人間

最近、ライブに来てくれる方の中には精神科で働いているという方や学校で先生をしているという方も多い。自分の具合が悪い時、看護師さんやお医者さんは別の生き物のように感じていた。ましてや学校の先生なんて、生きている世界も別のように思っていた。だけど、大人になってやっと「誰もが人間だものなぁ」と気づいた。

子供のころ、学校の先生は「先生」という生き物だと思ってたけれど人間だったし、絶対的だと思ってた「親」も人間だったし、わたしと同じように三大欲求があって、トイレに行ったり、夜中におやつを食べすぎて後悔をしたり、苛立ちを人にぶつけてからなんであんなこと言ってしまったんだろうと落ち込んだり、誰にも言えない後ろめたいことがあったりする人間でしかなかった。わたしと同じように生きづらさを持っている人間だった。

同じように、憎んだ血縁も、どうにも許せない発言をする政治家も、犯罪者も、人間だ。いやなニュースはいやなニュースのままでいてくれればちゃんと憎めるのに、そこに人間が絡んでいるから、だんだん輪郭がはっきりして、背景が見えて、人間味をおびてくる。人となりが見えると、その人の日常が見えてくる。人間はちゃんと憎ませてくれない。

通勤で歩く古いアパートが並ぶ道や、そのポストから飛び出ている不動産のチラシ、おっちゃんたちが集まっている公園にある自動販売機で売っていた80円のホットレモン、みんなどうやって感情を持て余さないようにうまいこと暮らしをやっているんだろうか。知らないところで知らない生活や知らない世界があって、そこにもヒエラルキーがあって、日々会話やご飯や暮らしが営まれているのだと思うと頭がパニックになりそうになるあの気持ちはなんなんだろう。

自分以外の人が完全で完璧に思えて、なにもかもスーパー鉄人な気持ちがして、自分がときどき思いの外がんばれた時にもびっくりするほど自分から見える他人の平均にも届かない気がするけど、同じように他人も劣等感を持っていることがあるのを忘れないでいるの難しい。劣等感はわたしだけのものじゃない。

できるなら、すべての孤独を繋がりに変えたい。

例えばそれがイベント中というひとときだとしても。

天使ではない

わたしは確かにクズだけど、人間だからゴミではないし、メンタルヘルス界隈で活動をしているからって天使じゃない。精神疾患があるからって繊細で優しいわけじゃない。わたしの机の引き出しはいつもめちゃくちゃで、ときどき詰め込みすぎて開かないときだってある。大雑把だし、言葉遣いだって丁寧ではないし、ネットスラングも普通に使う。わたしは、自分が言われたい言葉を言っているだけ、かけられたい言葉を言っているだけだ。これは無償の愛ではない。

だけど、迷う気持ちやかっこ悪い矛盾はたくさん垂れ流しておこうと思う。「こいつほんとださいな」って思って安心してくれる人がいたらいいな、という希望だ。わたしがいま、人と会話をする奇跡。わたしがいま、自分の黒歴史を笑って聞いてもらえる奇跡。コミュニケーションという誰かにとっての当たり前は、別の誰かにとっては夢のような理想かもしれないんだよ。あのころ、わたしが死ぬほど欲していたコミュニケーション、声を発すること、話しかけること、話を聞くことが、当たり前のことではないのを心底感じている。

だからいつも願っている。

あなたとわたしのクソみたいな忘れたい黒歴史が、どうにかして生きる糧になりますように、と。

朗読詩

前例を捨てよ、街へ出よう

テレビの前で24時間だけ応援する感動ポルノ
インスタ映えするかどうかで選択するランチ
ツイ消しする前に読んでよ！　という本心をミスリード
facebook にあげるためだけに撮る写真

ときどき、誰にも会いたくないけれどひとりぼっちにもなりたくない
なんていう面倒くさい気持ちになると向かうネットカフェ

壁越しの人の気配が欲しいために入る個室
せきばらいと一緒にページをめくる音
キーボード連打するネットゲームの音
もうだめかもしれないから
世界には他人がいるのだと知らしめてくれ
もう一度、孤立したら今度こそだめかもしれないから
わたしだけの世界じゃないよと
こうして知らしめてくれ

今まで黒で塗りつぶした自分自身の人数
今までなかったことにしてきた地獄の日数
今まで飲み込んできた言葉の文字数

今までゴミ袋に入れた「わたしは気持ち悪くないですか?」の回数

傷ついたり落ち込みそうになったりしたときに
わたしはわたしなんていちいち思わなくていいような自分でいたいし
「アイアムミー」じゃねんだよなぁ、と思いながら
薄暗い高架下を高田渡の「わたしはわたしよ」を聴きながら歩く
ゆるいギターと力ない声でくりかえす「わたしはわたしよ」
誰にも追いつけないし、わたしはわたしよ
わたしはわたしよ、わたしはわたしよわたしはわたしよ
そう言ってないと もうだめかもしれない
を、3回と半分繰り返せば1駅分を歩き終わる

バスの降車ボタンを押そうと手を伸ばしたら、誰かが先に押した
隣の列には、わたしと同じように伸ばかけた手をひっこめた誰かがいて
「あ、どうも……」という苦笑いをする
同じ場所で降りる誰かがいて
同じようにボタンを押そうとした誰かがいて
同じように手を伸ばしたわたしがいて
他人がいる世界の生ぬるさは湿っていた

学生時代は毎日「今日こそもうだめだ」と思いながら、
同じバスに乗り続けていた
だけど死ななかったし、
今日こそもうだめじゃなかった

左腕に残っている傷跡が恥ずかしくて
バスのつり革が持てなかったことが夏の思い出
衣替えの憂鬱、半袖を着ない理由をごまかすことが
面倒で人を避けるのが夏の思い出
自分自身が選んだから言い訳のできない孤独
今日も明日ももうだめだと思っていた
だけど死ななかった

息苦しいような弱冷房車で汗を拭くサラリーマンの
青いチェックのハンドタオルについていたラルフローレンのマーク
仏像の前で熱心になにかを唱えている女性が

後ろでひとつに結んでいた髪の毛のゴムの蛍光イエロー
脳性麻痺の友人男性が電車の席が1つだけ開くと
先にわたしを座らせるレディーファースト
自動販売機で飲むヨーグルトのボタンを押す直前で迷っていた人は
結局、何を選んだのだろう

オンリーワンではなくワンオブゼム
わたしたちは別々の人間だし
同じ人間なんだよ
別々の人間だし、同じ人間なんだよ

だから気になっている

あなたが何を見てきたのか何を読んできたのか、
どんな言葉を支えにして
どの音楽のどのフレーズに励まされてきたのか
自動販売機で何を押すのか
スマホのロック画面は何が映っているのか
パスワードを忘れたとき用の「秘密の質問」に何を設定しているのか
同じ場所で生きているあなたのことが知りたい

一晩中過ごしたネットカフェで迎える早朝の不愉快さ
あんなに物音を立てて欲しいと思っていたくせに
自分がうとうとしかけると「うるさいなぁ」と思っている矛盾
結局ひとりぼっちでもひとりぼっちじゃなくても

なんだってわたしはわたしで死にもしないし
黒いリクライニングシートの上でデスクライトの蛍光灯に照らされているままだった

「今度こそもうだめだ」と繰り返し続けた毎日は
ちゃんとあなたを今日に連れてきた
今まで感じてきたすべての孤独は
抱えきれなくて溢れ出したすべての孤独は
ちゃんと自分自身の味方だったのだ

だからあなたに会いに来たんだ
「今度こそもうだめだ」と繰り返し続けた毎日が
ちゃんとわたしを今日に連れてきたから

だからあなたはそこにいるんだ
「今度こそもうだめだ」と繰り返し続けた毎日が
ちゃんとあなたを今日に連れてきたから

前例を捨てよ、街へ出よう
前例を捨てよ、カウンター達の朗読会へ行こう
前例を捨てよ、僕らは出逢おう
前例を捨てよ、僕らは出逢おう
前例を捨てよ、僕らは出逢おう
前例を捨てよ、僕らは出逢おう

なんとでも言え、これが本気だ

Photo: Seikichi Tachikawa

対談

雨宮処凜×成宮アイコ

この人にぜったい会いたい

アイコ　今回、どうしても雨宮さんと話がしたいと思ったのは、雨宮さんがわたしの「きっかけ」だからなんです。

雨宮　光栄です（笑）。最初に会ったのって、アイコちゃんがまだ学生だったころだっけ？

アイコ　そうです。専門学校かな。高校生時代すごく生きづらくて、学校にあまり行けないわ腕はボロボロだわ人とご飯が食べられないわっていう最悪な時期だったんです。そのころに雨宮さんの『生き地獄天国』っていう本を読んだんです。それまでは、クラスの人とか先生とか、自分以外のすべての人がみんなスマートに生きているように見えたんですけど、雨宮さんの本には、いじめられていたとか、友達がいないとか、誰にもわかってもらえないとか、隠しておきたいような現実ばっかり書かれていて。かっこ悪い部分を見せてくれる人を初めて知ったんですよ。だから、これは絶対に会いに行かなきゃと思って、平日に学校を休んで、新潟から東京まで雨宮さんが当時やっていたバンドの解散ライブを見に行ったのが初対面です。

雨宮　本も出して、映画（『新しい神様』）も出たあとだよね。2001年頃かな。

アイコ　そのころは人に会うことを全然しなかった時期で、でも絶対この人に会いに行かなきゃならない！　という思い込みがあって。

雨宮　調子の悪いときは良くも悪くも思い込みが強いから（笑）。

アイコ　最後の砦みたいな出会いでしたもん。で、会場に行ったら十数年ひきこもってましたっていう人がいたり、自分の父親くらいの年齢の人が花束をもって雨宮さんに花束授与式をしていたり、軍服女子がいたり。

雨宮　そうそう、変な人がいっぱいいて……っていうか、むしろ変な人だらけで（笑）。

アイコ　わたし、当時は対人恐怖が強くて人とあまり話せなかったのに、その会場ではみんなが変だったから不思議と緊張もしなくて普通に会話ができて。雨宮さんを応援する「甘味屋処凛党」っていう親衛隊みたいなものに入れてもらいました。

雨宮　その時ってブログやってたよね？

アイコ　やってました！

雨宮　アイコちゃんのブログはそのときから読んでたから、ライブに来てくれた時はもうアイコちゃんの存在を知ってたんだよね。言葉にすごく力がある人だなーって思ってた。

アイコ　わたしくらいの段階でも、「ライブやってるんだからもう治ったんでしょ」とか思われがちなんですけど、全然大丈夫じゃないのに。雨宮さんもバンド時代、ライブもしてお客さんをアジって超元気で立派な方に見えていたんですけど、生きづらいままだったんですか？

雨宮　そう言われちゃうのすごくわかる。わたしもあの頃、全然生きづらかったな……。生きづらくなかったら、たぶんあんなことやんないよね。本当に大丈夫だったら、リゾート行ったりバーベキューやったりしている気がする（笑）。

アイコ　ああ、そういうの最高……わたしは生まれ変わったらマイルドヤンキーになりたいんですよ。地元ラブになりたいし、10代で結婚して子ども産んで、ワゴン車に乗って、友達のことを仲間って呼んだりしたい。

雨宮　今と真逆（笑）。でも、地元の人間関係だけだとキツイっていうのもわかるからなぁ。人間関係が固定化しちゃって、閉じた感じで。そのキャラから一生抜け出せない、みたいな。もしわたしが地元の北海道にいつづけたら、ずっとカースト最底辺で生きてた気がする。

アイコ　わたしは出身が新潟市なんですけど、地方都市だからそこそこなんでもあって、行く場所とか遊ぶ場所もたくさん用意されているはずだし、みんな楽しそうなのに、自分だけ行きたい場所がなくて疎外感がすごくてだんだん生きづらくなったんですけど、地元にいた時代ってどうやって毎日生きのびてました？

雨宮　北海道には高校生までしかいなかったんだけど、中学でイジメにあって、高校でバンギャになって追っかけをしてたから、地元のクソ田舎みたいなとこでは友達がいなくて。というかもう作りたくなかったから、地元じゃない札幌のライブハウス友達しかいなかったかな。

地方都市での逃げ方

アイコ　クソ田舎（笑）。学校の休み時間って苦行じゃないですか？　わたしは話す人がいなかったから、教務室とかがある先生用校舎の水飲み場で手を洗いに行って時間をつぶしていたので、「あれ？　手が汚れてるから洗いに行かなきゃ」って気付くふりがすごく上手になりました。実際は汚れてないいんですけど。

雨宮　誰も見てないのに（笑）。

アイコ　誰も気にしてないし、誰もわたしのことなんて見てない（笑）。

雨宮　わたしは中学の時はすでにいじめられたから、忍者みたいに逃げてた。いじめっこがいない場所に。

アイコ　図書館とかですか？

雨宮　もうね、学校中をとにかく見つからないように逃げまくるの。そんな遠くまで行かないんだけど。物陰とかにいて。廊下も柱に隠れて移動して。

アイコ　想像よりだいぶ忍者（笑）。

雨宮　高校になってからはね、つらくなったら帰るってワザが使えたからまだ楽だった。中退者ゼロの学校だったから。日数が足りなくても補習をすれば卒業をさせてくれるところで。

アイコ　あああ、それは素晴らしい。わたしは全部の教科の祝日を含めた授業日数を計算して、何日くらいまでは休んでも大丈夫って割り出して、教科ごとにあと最低何時間出なくちゃいけないっていう手作りの日めくりカレンダーを部屋の壁にはってました。

雨宮　それすごいたいへんじゃない？

アイコ　果てしなくたいへんですよ。そんな労力するならいっそ学校に行けばいいのにって思いますよね（笑）。「自分は生きづらい」って気づいたのはいつくらいでした？

雨宮　中学校のときは、いじめですでに死にたかったけど、そのときは生きづらいと思う余裕もなかったかな。小学校のときはカースト底辺でパシリみたいで、「学校行きたくないな、なんでわたしばっかりこうなんだろう」とは思っていて。でも当時は生きづらいって言葉もなかったから。「自分がバカにされてつらいのはやだけど、友達ってこういうもんなんだろうな」っていうよくわからないことを思ってましたね。

アイコ　友達って思い込まないとやっていられないというか、そんなの絶対友達じゃないのに、気づかないようにするのってありますよね。わたしは家の中で祖父から、「お前は家族の最下位なんだから」って言われてたのでそうなんだなと思ってたんですけど、いざ幼稚園とか行きはじめちゃうと先生が同等に扱うわけですよ。わたしと他の子を。そんなことされても自分が底辺じゃないときの立ち居振る舞いなんて知らない！　って慌てちゃって。人との距離感がうまくつかめないっていうか。

雨宮　それめちゃくちゃたいへんだよね、先生もたいへんだけど（笑）。家の中ではどうだったの？　ちっちゃいころとか。

アイコ　そういうものなんだって認識して生きてたんだけど、突然そうじゃなくなったときにどう喋ればいいのかわからなくて。ポンと普通の場所に行かされたときに自覚したというか、「あ、もしかしてうちの家庭ちょっと違うかもしれない」って。

雨宮　幼稚園で（笑）

アイコ　存在否定をされた怒りで生きていたのに、同等に扱われたらわたしはどうしたらいいいんだ？　と。雨宮さんは家ではどうでした？

雨宮　うちは抑圧がすごかったですよ。勉強しろ！　って。成績上位を求められていたので、勉強はすごくしてましたね。

「輪を乱すな」プレッシャー

アイコ　でも学生時代って、頭がすごくいいとか、スポーツができるってけっこうカーストが上になりそうですけど。

雨宮　あー、でもね、わたしは運動神経がゼロで。みんなで縄跳び大会とか、みんなでやるような競技が……。

アイコ　でた、大縄跳び問題！　めっちゃわかります！（笑）

雨宮　そうそう、大縄跳び！　絶対わたしでつっかえるっていう人間だったから。そんな子はね、勉強できようが何しようが否定されちゃう。運動神経がただ悪いだけじゃなくて、集団競技で足を引っ張るっていうのがもう致命的にだめで。

アイコ　輪を乱すなっていうプレッシャーですよね。みんなで大縄跳びを飛べた数を数えていって、自分がつっかえたらまたゼロから数え直し。思い出したくない！　運動神経が良くて生きづらい場合もあるんでしょうか。

雨宮　そういえば見たことないかも。そういう人って声も大きいし、いろんな神経も発達しているから空気が読めたりして。なんでできないんだよっていう圧をかけてくる人は、できないやつを発見する力がやけに発達している。

アイコ　ああ……コミュ力を抜群に兼ね備えていて、絶対にみんなから見えないとこでうまく罵ってくる人いますね。わたし、こういう声だし、声量もないし、とにかく声が通らなくて。運動会の応援歌の練習とかも頑張って歌ってるのに絶対残されるタイプで。「なんで大きい声を出せないの？」って。

雨宮　わたしはアトピーが原因でいじめが始まったから、アトピー自体がよくなっても人がこわくてこわくて。どうせ自分はいじめられる人間だ、っていう認識が消えないから。

アイコ　それ同じことがあって、わたし、声がこんなちょっとアニメ的なので、「あいつの声きもくね？　ぶりっこじゃね？」って言われ続けた人生だったので、やっと大人になって声について悪口を言われなくなっても、静かなお店で注文して自分の声を聞かれることがすごいこわいんですよ。隣の席の知らない人に、「うわっ」て思われないかな、とか。

雨宮　トラウマになるよね。当時はとにかく学校がいやで、朝も起きれなくて。苦痛でしかたがなかった。休みも疲れ果ててずっと寝てたもん。

アイコ　わたしは休みの日だけは元気に起きられるんですけど、平日になるとたんに具合が悪くなるタイプでした。毎日おなかいたくて。

雨宮　どうやら世の中には「学校行くの楽しみ！」っていう全く理解ができない人もいるらし

いんだけど。

アイコ　いるらしいですね（笑）。

雨宮　学校大好きなんて意味がわからなかった。でもこういうのは向き不向きだから。子供のころから低血圧みたいな子もいるし。まず、輪を乱したらおしまいっていうのはやめたほうがいい。

アイコ　小学校は特に逃げ場がないですよね。高校とかまで行っちゃえば、年齢的に学校以外の場所に行動範囲も広げられるというか。雨宮さんだったらバンギャになる、とか。フリースクールとか大検とか、いろんな手段があることも知るし。わたしはそんな中で、導かれるように雨宮さんのライブに行って。

雨宮　変な人たちがいっぱいいる場所に。

アイコ　はい（笑）。でもそこで人とのコミュニケーションが少しとれるようになって。心身障害者パフォーマンス集団の「こわれ者の祭典」に加入をしたんです。

雨宮　「こわれ者の祭典」って初めて東京でやったのいつだっけ？

アイコ　２００４年ですね。わたし10年以上も紙袋かぶってこんなことやってるんだ……。（※こわれ者の祭典は出演者が入場時に紙袋をかぶって登場する）

雨宮　そのときはもう知り合っていたもんね。

生きづらさ業界の神さま

アイコ　そうですね。雨宮さんがこわれ者を見に来てくださったんですよね。あの時、楽屋で「客席に雨宮処凛がいるぞ！」って大騒ぎでした。「生きづらさ業界の神さまが来たぞ」と（笑）。

雨宮　わたしはアイコちゃんのブログを読んでた

から、東京でイベントをやるって知ってて。会場のロフトプラスワンにはもとからよく行ってたし、どういう感じなのかなって思って、顔を出して見たらいきなり月乃さんが（※こわれ者の祭典の代表。アルコール依存症・ひきこもりを経験し、入院時に着ていたパジャマを衣装にしている）「変質者としてのわたし」っていう詩を読んでいて……。

アイコ　若くして薬物依存で亡くなったアーティストはヒーローになったけど、同じ依存症当事者なのに生き延びた自分は変質者のような男だ、という詩ですよね。死ぬよりも生きて変質者の道を歩もう、って絶叫するっていう。

雨宮　もう、すごいな、と。この人天才かなって。あのころのアイコちゃんは、だいぶ雰囲気が違っていたよね。

アイコ　まだ舞台の真ん中に立つ気力も勇気もなかったから、スライド上映をしながら舞台のはじっこのほうで朗読をしていましたね。雨宮さんはすでに生きづらさのパイオニアみたいになっていたので、月乃さんが、「ここで雨宮さんとつながりを作っておかなくちゃだめだ！」って言い出して、無理やりこわれ者の祭典の名誉会長になってくださいってお願いをしたんですよ。まったくもって不名誉な。（笑）

雨宮　でもね、名誉会長を依頼されたのは嬉しかった。こわれ者の祭典って、「こんな変な人たちいるんだ」って、想像以上だったから（笑）。しかも堂々と変なことをやっているのに、エンターテインメントとして成立していて。アイコちゃんの詩もすごいよかったし。でも、その時から比べて今はもっとパワーアップしたというか、完成されたよね。立ち居振る舞いが。

アイコ　5年くらいかかったんですよ。人の目を見て、顔を見て、会場をみまわして朗読できるようになるまで。そもそも対人恐怖と醜形恐怖で人の目を見られないところからのスタートだったので。自分の外見を見られるのも声を聞かれるのも苦痛だったから。でも、活動を続けていく段階でけっこう、自分と似た人っていっぱいいるんだなってわかってきたというか。

雨宮　同じような人を見ると安心するものね。

アイコ　そうすると自分の隠したい過去のこととか、生きづらさのことを言っても大丈夫なんだって思えて。

雨宮　うんうん、その心境の変化って大きいよね。

アイコ　でもわたしにとっての最初のきっかけはすべて雨宮さんですよ。じゃなきゃ誰にも会いに行ってなかったし。雨宮さんにとってのきっかけってありますか？

雨宮　大槻ケンヂさんかなぁ。お会いしたのは、知ってからずっとずっと先だけど、一番影響受けた人かな。この人だけがわたしをわかってくれる。って思って。

アイコ　わたしにとっての雨宮さん状態（笑）。

雨宮　北海道にいたからライブにも行けなくて、ずっと本を読んでいて。自分が本を出すようになって対談の企画でお会いして。

アイコ　今のわたしと全く同じ……。でも実際いると思うんですよ、わたしだけじゃなくて。雨宮さんだけが自分をわかってくれるはずだ、って。そういうのってつらくなったりしませんか。

雨宮　ううん、それはね、やっぱり嬉しい。近くなりすぎて電話とか夜中にかかってくるとつらいけど。確かに昔はそういう人もいたけど。でも自分も同じだったから。自分と同じ痛みを持ってる人たちってことだから純粋に嬉しい。わたしはそういう人たちの共感に救われた、っていうのもあると思う。

いつも過去がフラッシュバック

アイコ　自分の中にいつまでも昔の自分が存在しているままなので、例えばライブをする、朗読をする、文章を書く、とか自己表現のようなものをしていても全然大丈夫にはならないじゃないですか。いつでも過去がぶり返してフラッシュバックもするし。ちょっとここで水をこぼして、雨宮さんにかかちゃったとしたら、「ああ、もう一生嫌われる、なんで対談したいなんて思ってしまったんだろう、二度と連絡できない、自分のことなんて存在から抹消してほしい」って夜中に脳内自己批判をするわけですよ。

雨宮　ふふふふ（笑）。わたしたちそう考えちゃう人間だからね。

アイコ　だから、書くこととか朗読をやめるきっかけはないというか。最終手段だから。

雨宮　アイコちゃんの朗読は、身を削っているでしょう？

アイコ　うーん……ほんとに死なないでほしくて。死なないでほしい。

雨宮　だから、自分自身への負荷は大きいだろうな。わたしの活動は社会問題とかも絡められるけど。メンタルヘルスや生きづらさだけをメインでやっていると、自分自身を削っていることを実感していたし、集まってくる人も生きるか死ぬかの瀬戸際みたいな人が多いし、ほんのちょっと対応まちがえたらきっとほんとうに死んじゃうから。そういうのはすごく気にして過ごしてた。もう、毎日考えちゃうから。

アイコ　自殺のニュースを見ると、自分のやっていることは全部無意味なような気がしませんでしたか？

雨宮　知っている人の場合は、結局、どこかで予感があったケースが多いかな。亡くなる数カ月前からいろんな人に電話をかけまくって1日5時間くらいしゃべりまくったり、突然すごく攻撃的になったり。それでみんなが少しずつ距離をとってしまったんだよね。

アイコ　24時間対応し続けたら今度は自分が死んじゃいますもんね。

雨宮　その子も、自分のことでいっぱいいっぱいで相手のことを考える余裕がないから、距離をとった人を攻撃してしまったりしていて。結局、わたしもまわりも全員が気持ちに余裕が全然なくなって。やっぱり、毎日深夜の電話に付き合うって、けっこう追いつめられていくから。今日はどうしても無理って日は電話をとらないこともあって、そういうことが続くと連絡が途絶えてきて。連絡がこないことをいいことに、気持ちが落ち着いたんじゃないかって、いい方向に思い込もうとしていて。でも、そんな状態が続いて少ししてから、亡くなったって連絡がくることが今まで何度かありましたね。その時は、もう絶対距離をとったりしないって思うけど、やっぱりなかなか難しい。まわりも潰れてしまうし。

24時間一緒にはいられない

アイコ　わたしも、同じことありました。でも、だからって自分がすべて対応しているとこんどはわたし自身がだめになってしまうし。

雨宮　そうそうそう。共倒れになってしまうよね。

アイコ　あのとき、自分の身を守ったあとに何ができただろうかっていつも考えていて。できることが1つも思い浮かばないんですよ。毎日対応はできないし、24時間一緒にいることもできないし、自分の生活があるし。でも、まわりもつらいけど、本人もつらいんだよなってことは忘れないでいようと思います。

雨宮　そうだよね、自分もつらいとそういうの忘れちゃうんだよね。

アイコ　一緒にライブ活動をしている友人が、誰も死なないようにって掲げて詩を書いていたのに、その本人がワンマンライブの日に強制入院になったんですよ。

雨宮&アイコ　（苦笑）

アイコ　いやほんと、もう笑うしかないですもんね（笑）。結局、閉鎖病棟の中から詩の原稿が届いてわたしが代読するっていう（笑）。その時に、言葉があっても人は死ぬかもしれないんだって思ったら、わたしがやっていることって無意味だなって。

雨宮　一緒にやっている人だときついよね。

アイコ　正解がわからなくて。だからせめてやめないでいようって思ってるんです。自分が活動をやめないでいる、っていうことくらいならできるなって。

雨宮　たぶん本当に死にたい人はとめられないかもしれないよね。もちろんそこで自分が全部をなげうって24時間一緒にいたとしても。そのやり方だと数カ月しかもたない、というか、数カ月を生き延びさせるっていうだけだろうなとも思う。

アイコ　見張っていたとしても、また次、いつそうなるかわからないですよね。

雨宮　だからどこかで予感がすることが多いから。「え、まさかあの人が」って思うことってあまりない。「やっぱり、とうとう……」って。

アイコ　わたしが助けます！　なんて絶対にできないし、だってお医者さんでも１００％はできないから。だけど「その気持ちわかるわ」って笑ったときだけはちょっとだけ楽になるかな。今のところそれしか手段は見つからないです。

雨宮　相手が攻撃的になってしまった場合とかほんとうに難しいよね。そのときに逃げるだけじゃなくて、たとえば夜中の電話には付き合えないけど、定期的に手紙を書くっていうのは意味があるかもしれない。自分の生活もあるから依存はさせてあげられないけど、あなたのことを見捨てたり忘れたりしていないよっていうのをいろんな人が伝えていけたらいいのかな。

シフト制で負担も分けあう

アイコ　あ、わたし入院中の子に往復ハガキを渡して文通したりしていました。すぐに返信できないときもあるけど、必ず書くからって。

雨宮　あと、できるかなって思ったのが、知っている人が担当を決めて月曜日はあなた、火曜日はわたし、って。

アイコ　いいですね、シフト制（笑）。

雨宮　だって全部は無理だもの。で、それを本人にも伝えて、「月曜日はこの人だからこの人に伝えて」って。そういう持ち回り制にしないと、お互いの殺し合い状態になってしまう危険性がある。これならまわりが連携してできると思う。

アイコ　共倒れパターンは一番避けたいですもんね。

雨宮　一人だけに負担がかからないなら、亡くなったあとに「実は電話とってなくて」「わたしも」って言いあって、全員が苦しむことも避けられるし。だったらいっそ割り切って、やりくりしたほうがいいよね。

アイコ　死なない連鎖になるには、シフト制いいですね。できるだけ大人数で支え合う。あと、血縁じゃない人がいるのがいいですよね。家族じゃないとできないことはありますけど、家族……というか血縁だからこそ言えないこともたくさんあるじゃないですか。心配かけたくなかったりとか。「家族なんだからそれくらいやりなさいよ」って言う人もいますけど、家族じゃないからこそ、本人に優しくできるとか、許容してあげられるっていうこともいっぱいあるんですよね。家族だとすぐイライラしちゃう。なんでわからないの？　って。

雨宮　そういう関係性の中でもさらに煮詰まっちゃったら、もう全然関係ないところに行って「わたしはこういうことがつらいんです」っていう体験談を聞いたり話したりするのはいいよね。

アイコ　無責任だからこそできることってありますもんね。

雨宮　「自分だけがつらいと思っていたけど同じ

経験の人がいる」とか、「自分だけがみじめだと思っていたけど共感してくれる人がいる」とか。わたしも、人の体験談を聞いていたら、「ああ、なんだ、わたし生きていけるじゃん」って思ったことはあるな。

生きづらい理由はみんなちがう

アイコ　生きづらい理由って、複合的で。わたしは実家がなくて片親だから、お金の問題ってすごく深刻なんです。自分がウツになっても仕事をしなくなったら確実に死ぬわけで。ひきこもったら即、死、みたいな。でもそういう人って今ほんとうに多いと思います。さらに休めないっていうプレッシャーで逃げ場がないっていう。例えば金銭的に強烈な不安がなかったらもうすこしなんとかなるっていうか、物理的に解決できる生きづらさもけっこうありますよね。いくらあたたかい言葉をかけてもらっても解決できない問題もあるし。

雨宮　生活の不安でウツになる人は多いよね。わたしもね、生きづらさ系から貧困問題に関わるようになって一番最初に思ったのは、「助けられる」って。

アイコ　ああ！　すごく腑に落ちました。雨宮さんが貧困問題、社会問題に活動を広げていった理由。

雨宮　ウツ病の女性で結婚してひきこもりになってしまって、旦那から「もう出て行け」って言われて、でも出て行っても実家との関係も悪くて帰る場所がないし、働けないしリアルにお金もないし、死んじゃうっていう不安から余計にウツが悪化しちゃってたんだけど、「もし追い出されたら生活保護申請とかを手伝ってくれる支援団体のところに一緒に行こう」って言ったら、それでパタっと死にたいって言わなくなって。最後の手段がわかったら落ち着いたみたいなの。生きづらい人とかウツ状態って生活力がまずなくなるじゃないですか。

アイコ　お風呂に入るまでも何時間もかかったりしますもん。

雨宮　働けなくなって、お金もなくなるし。わたしも実際フリーターでウツで、お金問題もきつかったっていう経験があるから。亡くなってしまった女の子で、ずっと不登校で、ウツとかいろいろあって気分に波があったから仕事ができなくて、風俗をすることになった子がいたんだけど、ただでさえ不安定な子が性産業に行くって周りから見たら自傷行為でしかない状態。でも性産業を、それに従事してる人に否定してもなんの意味もないから、実際仕事をはじめたらまわりが何も言わなくなって。それも予想外だったと思うんだよね。

アイコ　もっと無理やりひきずりだしてくれると思ったかもしれない。

雨宮　結局、店長にとんでもないお金の騙され方をしていて、顔を出して広告にのっていたり、どんどん派手になって。それこそ当時は詳しくなかったけど、生活保護とか障害者手帳があってっていうのをちゃんと知っていて教えてあげられたら、気持ちと生活が安定するまではなんとなくそれをつなぎながら、ごまかしごまかし生き伸びられたんじゃないかなと思っていて。

アイコ　そういうのとか制度って文章めちゃ難しくないですか？　わたし普通の内科に通って、さらにそこから10年くらいメンタルクリニックに通っていたので、一時期、自立支援医療制度を使っていたんですけど（※通院による精神医療を継続的に要する病状にある者に対し、その通院医療に係る自立支援医療費の支給を行うもの）、資料が難しくて。意味がわからないし……。そういうのもっと学校でも教えてほしい。現代社会とかで（笑）。

雨宮　難しいよね、専門用語いっぱいでね。

アイコ　都内だと、気力さえあれば居場所とかそういう制度を教えてくれる人に繋がりやすいですけど、わたしの出身地の新潟とか、地方だとなかなかマイノリティもいいとこで、一度レールから外れると絶望的なんですよね。知識もないし。

雨宮　そうだよね。数も違うもんね。人の繋がりもそうだし、制度もそうだし、なくせる生きづらさをどんどんなくしていけばいいよね。絶対個人的な生きづらさは残るし、自殺者もゼロにはならないし、どんなにいい社会になろうと生きづらさは消えないけど。でもそれって逆に人間らしいことでもあるから。生きやすくてしょうがない！　なんて人がいたら信用ならない。

アイコ　広い世界にはいるんですかねぇ。

雨宮　それも演じているかもしれないけど、たまに何を言っても空気より軽いみたいな人がいて。ウェーイ！　って。でもロボットとかわらない気がして。

アイコ　でもうらやましくならないですか？

雨宮　10代のころはうらやましかったけど、今はうらやましいっていうよりも、こわい。でも、平気で人を傷つける言葉を言ったり、貶めたりとか、序列をつけて、ウェーイ！　のノリのまま人の心を傷つけちゃう人だけが生きやすいなんて無神経な社会だから。自分がそうじゃなくてよかった。

アイコ　自分が楽しいから、楽しくない人を見るとむかついたりするんですよね、きっと。

雨宮　自分がもしそっち側の人間だったら、ある日突然、自分の加害性に気づいたらもう絶望しかない。

アイコ　自分の加害性っていうので思い出したんですけど、わたしも逆差別をしていたことがあったんですよ。県のイベントでフォーラムに出たときなんですけど。「障害は個性」って言われやすいじゃないですか。

雨宮　ああ、よくあるよね。

アイコ　でもわたしは、自分の10年近い通院でかかったお金と時間と、今までの生きづらさとか家の中の暴力、浴びてきた罵声を個性だなんてほんの少しも思ってないって話したんですよ。

雨宮　確かにね（笑）。とんでもないよね。

アイコ　思い出したくない地獄の日々ですもん。生まれ変わってもう一度自分になりたいかって聞かれたら絶対やだし。っていう話をしていたら、あの子を呼んだのは誰だ！　みたいのを舞台袖で言われてたのを聞いちゃって。実はそのイベント自体、「障害は個性」ってキャッチコピーがついてたんですよ。しかもこわれ者の祭典メンバーで行ってたから、たまたま舞台袖にひかえていたKaccoさん（※こわれ者の祭典副代表。背丈の小ささと体が華奢というコンプレックスを逆手にとり衣装は女装をしている）が怒られちゃって（笑）。

雨宮　あはははは（笑）。女装で。すごい災難だよね（笑）。

味方はどこにでもいる

アイコ　それを見たときにけっこうショックで。それ以来、福祉イベントの職員さんに対して「どうせきれいなことを言ってほしいんでしょ」って偏見があったんですよ。

雨宮　あー、はいはい。わかりやすいことをね。

アイコ　で、あるイベントのときに、いい場所には関係者席が用意されているようなフォーラムだったんですけど、お客さんの席はぎゅうぎゅうなのに関係者席は空席が多くて、「関係者だけ優遇するイベントなんてつまんないし、絶対に広まらないと思う」って言っちゃったんですよ。

雨宮　ステージ上で？（笑）でも確かにね。

アイコ　イライラしてたから、「たとえば見やすい場所に関係者席とかあったり」って。わたしはそこを開放して、見たいって思ってくださる方に座ってほしかったんですよ。ちゃんと見てくれる方に前で見てほしいって思ってて。でも言っちゃったあとに、あー、またやっちゃったって思って。

雨宮　ライブだとけっこうアイコちゃんそういう感じだよね（笑）。

アイコ　どうも要領悪くて。でも、そのときにガラガラの関係者席にいた女性が一人だけ、うんうんって頷きながら胸元で拍手してたんですよ。それを見たら、「あ、偏見を持ってるのわたしのほうだ」って気づいて。

雨宮　味方はどこにもいるよね。気づいてないだけで。そういえばわたし、アイコちゃんの「傷つかない人間なんていると思うなよ」っていう詩がすごく好きなんだけど、あれってどういう時に書くの？

アイコ　わたしは、自分の中で生み出して書くというよりも、自分がかけられたかった言葉だったりとか、ニュースや事件を見て感じた衝動を書いています。その被害者・加害者のことが気になってしかたがなくて、憎悪をなんで自分にむけたんだろう、なんで他人にむけたんだろうとか、その差はなんだろう、とか。ツイッターでも自分がつらいときに「死にたい」で検索をかけて、「仕事が見つからない、何社受けても受からない、貯金がなくなる死にたい」っていう言葉の下に「明日数学のテスト無理、死にたい〜」っていうのが並んでいたりして、どの気持ちの重さも均等に並んでるのを見たりして。

雨宮　そうなんだ、おもしろい！

アイコ　他人が、その人個人の時に何を考えて生きているか気になりません？

雨宮　興味ある人だけかなぁ。でもアイコちゃんはいろんな人の見てそうだよね。

アイコ　見ます見ます、同じメンタル系だけじゃなくて、ウェーイ！　の人のもだいぶ読みます。

雨宮　多分、その書き方って、小説を書くようなことと似ている気がする。わたしも、何か書いていないと自傷行為に向かっちゃうから自分を抑えるために書いてたからなぁ。

アイコ　例えば毎日電話する人がいたりとか、ドラマの話とかする人がいたらこんなことしてなかったと思います。

雨宮　そうだよね。そこで発散すればいいんだもんね。その場がないから、イジイジずっと書いちゃうよね。

アイコ　一人で怨念こめて、じめじめしながら

（笑）。わたしも、声きもい問題があって、高校時代は人と関わらなかったから、すごくいろんな種類の日記を書いていて。本当にあったできごとを書く用とか、散文っぽく書く用とか、1行で書く自分の名言集とか。めっちゃ自己承認欲求強すぎて恥ずかしいですけど。

雨宮　あははは（笑）偽日記は書かなかったの？

アイコ　書いてましたよ。わたしじゃない名前で、理想の自分。こういう学校生活を送りたかったなっていう自分を。

雨宮　わかった！　文章力がそこで鍛えられたんじゃない？　日記をそんなに書くなんて明らかにおかしいから（笑）。

アイコ　友達いなくてあんまり学校も行かないとめちゃくちゃ暇なんですよ、毎日。

雨宮　暇をこじらせて（笑）。偽日記ってどんなのだったの？

アイコ　……友達と電話をした日記とか。実際電話してないんですけど。

雨宮　なりたい自分が電話をしている自分（笑）。

アイコ　あと、友達と一緒にトイレに行って話す自分とか。実際話してないですけど。

雨宮　あははは（笑）

アイコ　でもそれを書いていると、実際は存在していない「偽アイコちゃん」がかわいくてしょうがないんですよ（笑）。自分の理想で育て上げる母親みたいな気分で。

さらけ出してる間柄

雨宮　架空の友達がどんどん増えていく（笑）。

アイコちゃんと会ってからもう10年以上もたってるけど、ほんとよく生きてたねってことしか言いようがないよね。

アイコ　それは雨宮さんもですよ！

雨宮　どれほどの人が生きられなかったか体験してきたから、やっぱり人とのつながりなんだろうな。アイコちゃんが活動をはじめるきっかけになった「こわれ者の祭典」なんてほんと一番ひどいから（笑）。

アイコ　みんなで人の失敗談を聞いて、「わかるわかる」って笑って（笑）。

雨宮　アイコちゃんもそうだけど、その人のだめなところをこれでもかってくらい知ってるし、たぶんわたしのことも本を読んだりした人はこんなにだめなんだって知られているから、さらけ出している間柄って救われるっていうか心安らぐよね。

アイコ　雨宮さんに最初にファンレターを書いたときに、対人緊張の手汗で封筒ぐっちゃぐちゃになってて、カバンの中も整理してないから折れてるし、ファイルにでも入れてくればいいのに。

雨宮　覚えてる（笑）

アイコ　それを受け取った雨宮さんが、「ぐちゃぐちゃじゃん」ってめっちゃ笑ってて。自分でぐちゃぐちゃなの気づいているから、それに救われて。ああいうときは何も触れられないほうが余計恥ずかしい。だから、「緊張して手汗で……」って会話もできたし。

雨宮　そうだよね（笑）。どんなに壮絶でも、同じような人に話すと共感ができるんだよね。自分自身もネタにして生きているし。

誰にだって生きづらさはある

アイコ　最終的にどういう世界になったらいいいって考えてますか？

雨宮　生きづらいのをやめよう！　生きやすくなろう！　って思う必要は全くないと思うんだよね。生きやすくしようとしているからつらくなったりするし。

アイコ　あー、なります……。それって無理やり頑張るのと同じですもんね。生きやすくなるぞ！　おー！　みたいな。

雨宮　だからたいへんなときに、言いやすくなるといいよね。「あ、今日の調子は？　今日の生きづらさは何パーセントくらい？」って。

アイコ　どうも〜って、軽い挨拶みたいな（笑）

雨宮　いまの社会はどんどん成長してポジティブになって利益を生んでいこうっていう雰囲気だから……仕事のあとは英会話の勉強しています、健康のためにスムージー飲んでます！　みたいな。なんか、人として認められるハードルがどんどん高くなっちゃっているから。

アイコ　もういっそ町中にウォーターサーバがあって「頓服用にご自由にどうぞ」みたいなポップが貼られていたりしたらいいのに。頓服フリーみたいな。

雨宮　あー、いいね（笑）！　苦しくて叫びたくなったらこの中に入って叫んでいいよ、みたいな部屋とか。

アイコ　使われなくて不要になった電話ボックスを叫ぶ用にしちゃえばいいですよね。

雨宮　衝動的に壁に頭うちつけたい人用のクッションがついている壁コーナーとか。

アイコ　そういうのだと笑えるし、いいなぁ。あと思うのが、わたしはメンタルヘルス当事者だから、最初は同じ人に向けてって思って活動をしていたんですけど、ライブに来てくれたセクシャルマイノリティの方が「普通に街で見かけるようなリア充っぽい人も、身体障害者の方もたくさん見に来ていて垣根がなくて驚いた」って声をかけてくださって。でもたしかに、バリバリ働いていても、学校に毎日行って友達がいても、絶対に誰にでももっている「生きづらさ」っていう点では人間すべてに共通することだよなって。

雨宮　自分と似ている人が近くにいるだけで安心して生きていけるもんね。

アイコ　だめさをみんな見せないから、頑張り競争みたいになって、あの人より頑張らなきゃって。それはいつか倒れてしまうから嫌だ。

雨宮　そうだよね、会社とかにもそういう価値観があればいいのにね。ウツ病に対するフォローだけでなく、もっと気軽に話せるような。それぞれの弱いところを知っていたらもっと優しくなれると思うんだよね。ただちゃんとうまく話を回せる人が一人はいないと、暴露した弱さを悪用されることもあるから。

アイコ　言っても大丈夫な場所が全員にひとつでもあればいいなぁって思います。例えば道を歩いている知らない人や、仕事で初めて会った人に「はじめまして！　今日ウツなんです」って言う必要はないけど、「今日はウツでまじだめなんですよね」って気軽に愚痴れる場所がひとつでもあればいい。わたしは運良くそれがあったから、病気も症状も治らないけどやりすごせる手段を見つけたので、バトンタッチとして今度はイベントやライブ会場がそのひとつになりたいと思ってます。

雨宮　誰もが「生きづらい」って常に言えるようになったら一番いいよね。

雨宮処凛（あまみや・かりん）

1975年、北海道生まれ。作家・活動家。

2000年、自伝的エッセイ『生き地獄天国』（太田出版／ちくま文庫）でデビュー。以来、「生きづらさ」についての著作を発表する一方、イラクや北朝鮮への渡航を重ねる。2006年からは新自由主義のもと、不安定さを強いられる人々「プレカリアート」問題に取り組み、取材、執筆、運動中。メディアなどでも積極的に発言。311以降は脱原発運動にも取り組む。

2007年に出版した『生きさせろ！ 難民化する若者たち』（太田出版／ちくま文庫）はJCJ賞（日本ジャーナリスト会議賞）を受賞。

著書に『命が踏みにじられる国で、声を上げ続けるということ』（創出版）、『仔猫の肉球』（小学館）、『生きづらい世を生き抜く作法』（あけび書房）、『一億総貧困時代』（集英社インターナショナル）、『自己責任社会の歩き方　生きるに値する世界のために』（七つ森書館）など多数。

「反貧困ネットワーク」世話人、「週刊金曜日」編集委員、フリーター全般労働組合組合員、「こわれ者の祭典」名誉会長、「公正な税制を求める市民連絡会」共同代表。

あとがき

言葉は過ぎた時にしか思い出さないかもしれないけど、「けど」に続く言葉をわたしは自分の中に持ってるし、「けど」に続く言葉をあなたも自分の中に持ってるはずだ。

わたしは、地位も名誉もお金もメンタルの健康もなにもないから、こうして体現し続けてゆくしかないのだ。

これからどんな世界になろうとも、朗読で言い続けてきた「この世界で言っちゃだめな言葉がこのままどんどんどん増えても、わたしは絶対に黙らないでいるね」はこれからもずっと、ずーっと、ずーーーーっっっと言い続けようと思っている。だから、あなたもどうか、自分の気持ちをかき消さないでいてほしい。

まだ言葉にできないときは、かわりにわたしが叫んでおくから、あなたの存在をなかったことにしないでいてほしい。できるだけ絶対に、死なないでほしいのだ。わたしはあなたに生きていてほしい。そして、いつか「その気持ちわかるわー」って笑い合いたい。解決しなくても笑ったときに脱力するようなあの気持ちを一緒に味わいたい。

これからも続くあなたの人生は
あなたの目で撮影し続けるドキュメンタリーだよ。
ひとつになれないわたしたちは寂しいから
いつも行くこの道を笑って登り続けようね。
今日からまた続いていく　これがわたしの人生。
今日からまた続いていく　これがあなたの人生だよ。

成宮アイコ（なるみや・あいこ）

1983年、新潟県生まれ。現在東京在住。

機能不全家庭で育ち、不登校・リストカット・社会不安障害を経験した朗読詩人。赤い紙に書いた生きづらさと人間賛歌をテーマにした詩や短歌を読み捨てていくスタイルのライブは、ポエトリーリーディングならぬスクリーミングと呼ばれている。フジテレビ「スーパーニュース」、NHK「福祉ネットワーク」や「朝日新聞」「東京新聞」「神奈川新聞」などで紹介され新潟・東京・大阪を拠点に全国で興行。県主催のシンポジウム、地下ライブハウス、サブカルチャー系トークイベントなど多ジャンルに出演。ウツ期により人生に数年間の空白があるため「今は余生だから普通の人の３倍出会う！」を信条にしている。赤裸々な言動でYouTubeやAmebaからコンテンツを消されたことがあるので絶対に黙らないでいようと心に決めている。

http://aico-narumiya.info/

あなたとわたしのドキュメンタリー
死ぬな、終わらせるな、死ぬな

2017年９月20日　第１版第１刷発行

著　者　成宮 アイコ
発行者　田島 安江
発行所　書肆侃侃房（しょしかんかんぼう）
〒810-0041
福岡市中央区大名2-8-18-501（システムクリエート内）
TEL 092-735-2802　FAX 092-735-2792
http://www.kankanbou.com
info@kankanbou.com

ＤＴＰ　園田 直樹（書肆侃侃房）
印刷・製本　株式会社西日本新聞印刷

©Aico Narumiya 2017 Printed in Japan
ISBN978-4-86385-277-8 C0095

落丁・乱丁本は送料小社負担にてお取り替え致します。

本書の一部または全部の複写（コピー）・複製・転訳載および磁気などの記録媒体への入力などは、著作権法上での例外を除き、禁じます。